KB246181

스무 살이 넘으면 꼭 해야 할 것들

스무 살이 넘으면 꼭 해야 할 것들

지은이 · 도지현 | **펴낸이** · 오광수, 진성옥 | **펴낸곳** · 새론북스

편집 · 김창숙, 박희진 | **마케팅** · 최대현, 김진용

주소 · 서울시 용산구 갈월동 101-49 고려에이트리움 713호

TEL · (02) 3275-1339 | **FAX** · (02) 3275-1340

http://www.dreamnhope.com | jinsungok@empal.com

초판 1쇄 인쇄일 · 2013년 9월 5일 | **초판 2쇄 발행일** · 2017년 5월 8일

ⓒ 새론북스

ISBN 978—89—93536—38—6 (03810)

*도서출판 꿈과희망은 새론북스의 계열사입니다.

스무 살이 넘으면 꼭 해야 할 것들

도지현 지음

새론북스

능력과 열정,
그리고 무한한 가능성을 향해!

스무 살이 넘으면 우리는 새로운 세상을 맞닥뜨리게 된다.

그곳이 학교든 사회든 또는 새로운 삶을 위한 준비를 하든 스무 살이 넘으면 지금까지와의 삶과는 다른 세상을 만날 것이다. 지금까지 받아왔던 가정이라는 따뜻한 울타리를 벗어나 허허벌판에 홀로 서서 무엇을 할 것인지 어디로 갈 것인지 어떻게 살아갈 것인지를 스스로 정해야 한다.

우리 시대는 하루가 다르게 여성들에게 수많은 길을 열어주고 있다. 이제는 '여자'라는 이유로 보호받기보다 한 사람으로 자신의 길을 찾고 목표를 세우고 그 일을 해내야 되는 것이다.

그러기 위해서는 자기가 가진 재능과 열정을 쏟아부을 수 있는 목표를 세워야 한다. 자신의 인생을 스스로 설계하고 디자인하면서 자신의 꿈을 펼쳐나가는 것이 무엇보다 중요하다.

꽃을 피우기 위해서는 씨앗부터 심어야 한다. 단단하고 알찬 씨앗을 마음속 깊은 곳에 심고 재능을 더하고 열정을 다해서 도전해 나가면 어느새 씨앗은 싹을 틔우고 성공이라는 열매를 맺게 될 것이다.

21세기 초 대한민국은 여성대통령의 취임 그 하나만으로도 역사에 오래 남을 그야말로 놀라우면서도 신나는 일을 만들어 놓았다.

과거에 입버릇처럼 하던 '여자라서', '여자이기 때문에', '그러니까 너는 엄마처럼 살지 마' 라는 말은 이제 구시대의 유물 같은 것이다. 여성이기에 누구의 눈치 볼 일도 없고 '홍일점' 이라는 수식어도 더 이상 의미가 없는 일이다. 우리 시대는 여성이기 전에 한 인간으로서의 도전과 열정을 요구한다. 자신이 지닌 끼와 능력을 한껏 발휘하면서 최선을 다하는 속에서 인생을 즐겁고 신나게 살아가면 그것이 멋진 인생을 살아가는 길이다.

우리 시대 젊은 여성들은 자신 있게 당당하게 인생을 디자인해 나가겠다는 의욕이 누구에게나 넘쳐난다. 다만 20대, 30대라는 나이는 세상을 속속들이 알기에는 경험해야 할 것, 준비해야 할 것, 또 미리 알아두어야 할 것이 많은 시기다. 특히 개성이 강한 현대 여성들의 경우 때로는 자신의 능력과 열정이 너무 넘쳐나서 자칫 자신도 모르고 실수나 오류를 범하는 일이 발생한다. 심지어는 일상생활에서든 직장생활에서든 말 한 마디, 표정 하나를 제대로 관리하지 않아서 후회를 하는 일도 생겨난다. 좋은 직장을 찾고 좋은 배우자를 만나고 성공을 하는 것도 중요하지만 가장 기본적인 것은 자기 관리이며, 모든 것은 자기 관리로부터 시작된다.

인생의 우등생이란 없다. 다만 우리는 인생 후배들의 벤치마킹 선배가 될 수 있을 정도의 멋진 삶은 살아야 하지 않을까?

도지현

CONTENTS

연인 & 인간 관계

경제 & 자기 관리

여가 & 생활 패턴

chapter 1

연인 & 인간 관계

남자가 인생의 전부일 수는 없다.
결혼 역시 내 삶을 100% 충족시키는 안식처는 아니다.
내 인생에서 가장 중요한 주인공은 바로 나 자신이다.
단, 아무리 똑똑하고 잘난 나라 할지라도
사람 없이 성공할 수 없고 사람 없이 살아갈 수 없다.
결혼에 얽매이지 않고 부모로부터 완전한 독립을 한다 할지라도
내 주변에는 늘 친구이자 선배이자 스승인 많은 사람들이 있어야 한다.
공부보다도 일보다도 더 힘든 것은 좋은 사람들을 많이 만나고
그들과 좋은 인관 관계를 유지하는 일이다.

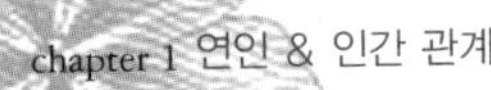

'여자라서' 라는
입장을 내세우지 마라

한때 '여자라서 행복해요' 라는 광고 카피가 있었다. 남자가 아닌 여자라서 더 행복하고 좋을 때가 있을 것이다. 얼굴이나 신체 구조 자체가 남자보다 더 곡선적이고 부드러워 아름다움을 인정받을 때, 지금처럼 병역 의무로부터 자유롭기 때문에 군대를 가지 않는 것, 아이들이 "엄마가 세상에서 제일 좋아요."라고 할 때 여자로서 태어난 것은 마치 특권을 손에 쥔 것만큼이나 행복한 일일 것이다. 이 점에 대해서는 그 누구도 '여자라서 행복하다' 는 말에 찬물을 끼얹을 수가 없다.

하지만 '여자라서' 라는 말이 남자가 아닌 여성들의 입에서 나왔을 때 종종 남자들은 여성에 대해 불편한 심사를 드러낸다. 남성들의 입에서 "좋은 것은 다 남녀 평등이고 어렵고 힘든 것은 여자라서 특별대우 받아야 한단 말인가.”라는 불만이 새어나오는 경우를 종종 보게 된다. 아마도 이런 경우가 아닌가 싶다.

학창시절 체육시간에 선생님이 체력 단련을 위해 운동장 열 바퀴를 뛰라고 하자 여학생들이 “선생님 여자들은 여섯 바퀴만 돌게 해주세요.”라고 말해 그렇게 되었을 때, 부서회식 후 음식값을 낼 때 홍일점인 김대리가 “차장님 남자들이 알아서 계산할 거죠~”라며 돈 내지 않고 먼저 식당문을 나설 때, 입사동기 전원이 받는 신입사원 연수교육 때 산악구보 도중 여자라고 제외시켰을 때, 방송사의 이벤트에서 여성이라고 한 단계 그냥 넘어가는 특혜를 주었을 때 등등.

여성들 중에는 “남자가 쪼잔하게 그런 것도 여자한테 양보 못해?” 라고 말하는 이들도 있을 것이다. 하지만 여성의 체력으로는 무리이기 때문에 상대가 먼저 배려하는 상황이 아니라면 굳이 “여자이기 때문에” 또는 “여자니까”라는 말로 대우받거나 특권 의식을 가지려 하지 마라. 그것은 오히려 남녀 불평등을 확대시키는 일이 아닐 수 없으니 분명 잘못된 생각이다.

마찬가지로 남자들이 “여자라서 안 돼.”, “여자는 제외.”, “여자가 어떻게 저럴 수가 있어?”라고 남녀 불평등을 자극시키는 말을 한다면 이 또한 매우 잘못된 것이다.

최근 들어서는 남녀 불평등 의식이 점점 사라져가고 모든 분야, 모든 상황에서 남녀가 평등하고 대등한 입장이 되어가고 있으나 우리 나라의 과거 문화가 남존여비 사상과 남아선호 사상이 깊게 뿌리내려 있던 터라 아직도 개선되지 않고 있는 부분이 있을 것이다. 또 일부 남성들의 의식 또한 과거의 수준에 머물러 있어 직간접적으로 여성들에게 피해를 주고 있는 게 현실이다.

　우리 시대의 모든 환경은 급속도로 변화하고 있다. 그 변화의 물결은 남녀 평등을 보다 확산시켰고 이제는 남녀 평등을 운운하는 것이 오히려 촌스러울 만큼 특히 젊은층에게는 "남자이기 때문에", "여자이기 때문에"라는 말이 사라져가고 있다. 문제는 시대가 이러함에도 불구하고 여성들 중에는 여전히 '여자라서'라는 입장을 강조하거나 고수하는 이들이 있다는 것이다. 그것은 자신도 모르게 오랫동안 길들여져 오거나 습관화된 것이 아닐까 싶다.

　그러나 가부장 의식과 여성차별적 제도라는 비판을 받다가 폐지에 이르게 된 호주제처럼 이제는 '여자라서'라는 말로 자신을 보호하려는 생각은 구시대의 사고방식이다.

연애는
자유롭게 해라

"어머 계집애. 너 그 남자하고 또 헤어졌어? 미쳤어. 미쳤어. 벌써 몇 번째야. 너한테도 문제가 있어."

"너 또 만났어? 어머머 세상에. 그 남자하고 헤어진 지 얼마나 됐다고. 너 무한 거 아니야?"

친구로부터 이런 말을 듣게 됐을 때 반응은 제각각일 것이다.

"야, 소문내지 마. 다른 사람들 알면 어쩌라고 큰소리로 말하는 거야."

"너, 다음에 그 남자 만날 때 ○○에 대해서는 입도 뻥끗 하지 마라. 알았지. 그 남자가 물어보면 학교 졸업하고 처음이라고 해. 안 그러면 죽음이야 너."

"만나고 헤어지는 건 내 일이야. 남의 사생활에 너무 깊게 관여하지 마라. 나에게도 다 그럴 만한 이유가 있기 때문에 헤어졌고 또 새로운 사람 만난 거니까."

다소 차갑게 들릴지는 모르지만 세 번째 사람의 말이 가장 정확한 답이 아닐까 싶다. 이성을 만나 사귀다 헤어지는 것은 순전히 당사자의 일이다. 처음부터 결혼을 전제 조건으로 만난 사이가 아니라면 얼마든지 헤어질 수 있고 또 새로운 사람을 만나도 그것은 욕되는 일이 아니다. 물론 정신적, 경제적, 육체적 그 어떤 쪽으로든 상처가 크게 남을 만한 만남을 자주 갖는다면 그것은 자신 또는 상대에게 커다란 아픔이자 자신을 방치하는 일이 되겠지만 그렇게 깊은 만남이 아니었다면 연애란 자유로워야 한다.

어느 날 남자 친구가 생겼다면 너무 감격해 하지도 말고 너무 가볍게만 생각해서도 안 된다. 한 사람과의 새로운 만남이라고 여기고 만남은 자유롭되 스스로 책임질 수 있고 후회하지 않을 정도의 선을 긋는 것이 필요하다. 물론 사람이기에 좋아하는 감정을 속이기란 힘들지만 그것은 자신 스스로 조절이 필요한 일이며 적당히 시간을 가져야 한다.

이성의 친구, 이를 테면 애인을 만났다면 가장 먼저 해야 할 것은 많은 대화를 나누는 일이다. 대화를 통해 서로를 인정할 때 조금씩 가까이 다가서되 두 사람만이 아닌 주변 사람들과의 만남도 가끔씩은 가져야 한다. 누군가에 대해서 좀더 깊이 알고자 한다면 그 사람 주변의 사람들을 통해서도 알 수 있는 것이 많기 때문이다.

자유롭게 만나되 상대가 너무 성급하게 사랑을 운운한다거나 요구해서 부담스럽다거나 만나서 즐거움보다는 부담이나 불쾌한 감정이 드는 상대라면 가능한 한 빨리 정리를 하는 것도 나쁘지 않다. 특히 결혼을 앞두고

만나는 이성이라면 상대의 성격, 대인관계, 생활력, 술버릇 등을 고루 체크해 볼 필요가 있다. 단지 경제적으로 능력이 있다고 해서, 외모가 멋있어 한눈에 반할 정도라고 해서, 무작정 나만 사랑한다고 목숨 걸고 달려들기에 일단 그를 받아들인다는 생각은 아주 위험한 일일 수도 있다.

이성과의 만남에서 선을 긋거나 정하는 것은 남자보다 여자가 더 정확하게 할 수 있는 일이다.

1년을 만났는데도 만나면 차 마시고 영화 보고 밥 먹고 대화 나누다 헤어지는 이런 만남이 지속된다면 차라리 배우자 대상이 아닌 남자친구로 못 박는 지혜가 필요하다. 하지만 만난 지 3개월 정도가 지나자 상대방의 가족들이 보고 싶다거나 결혼 상대자로서 어떤 사람을 원하는지 또는 함께 여행을 가고 싶어 하는 눈치라면 자신의 감정을 체크해 보아야 한다. 상대가 이미 자신을 사랑하여 배우자감으로 생각한다거나 사랑의 감정으로 전환되는 과정이므로 그에 맞는 대응이 필요한 것이다.

연애를 한다는 것은 결코 숨길 일은 아니다. 특히 부모님이나 가족들에게는 더욱 그렇다. 단, 연애의 상대자를 만나는 과정에서 부모님들의 지나친 간섭이나 기대에 끌려 가지는 말아야 한다. 연애든 결혼이든 실행자는 바로 자기 자신이고 실패와 성공의 주인공도 바로 자신이기 때문이다.

결혼은 필수가 아닌 선택으로 여겨라

여자 나이 20대 중반을 넘어서면 주변에서 결혼 얘기가 심심찮게 나온다. 20대 후반을 넘어서면 이때부터는 보다 본격적인 결혼 얘기로 들어간다. 특히 친척들이나 선후배들을 만나면 늘 결혼에 대한 이야기가 꼬리를 문다.

"남자는 있니?"

"선은 몇 번이나 보았니?"

"어떤 남자를 택하려고 하니?"

이럴 때마다 짜증이 난다고해서 화를 낼 수도 없고 그렇다고 그냥 듣고만 있자니 스트레스가 겹쳐서 머리가 아플 정도다.

이런 경우 당사자는 크게 두 가지 부류로 나뉜다. 결혼을 하지 않고 독신으로 살겠다고 각오한 사람과 결혼은 하고 싶은데 마땅한 배우자를 만나지 못해 결혼을 하지 못한 경우다.

전자의 경우 시간이 흘러가면서 주변 사람들의 결혼에 대한 염려나 가족들의 압력은 그다지 문제가 되지 않는다. 이미 자신의 인생 설계 속에 결혼이란 항목은 없기에 그러려니 하고 넘어간다. 문제는 후자다. 결혼을 하고 싶은 마음은 굴뚝 같은데 뜻대로 되질 않으니 속이 타고 있는 상황인데 주변에서 난리를 피우니 오히려 더 화가 날 뿐이다. 물론 나이가 30대 중반을 넘어서면 결혼에 대한 걱정을 가족들은 서서히 포기하게 되고 주변 사람들은 실례가 되는 것 같아서 자제하게 된다.

문제는 당사자다. '남보다 학력이 낮은 것도 아니고 능력이 없는 것도 아니다. 그렇다고 얼굴이 아주 못생긴 것도 아니다. 그런데 왜 나에게는 남자가 없는 걸까?' 라며 스스로 괴로워하고 고민한다.

만일 당신이 같은 입장이라면 한 가지 정확하게 하고 넘어가야 할 것이 있다. 당신은 정말 결혼을 하고 싶은 것인가? 아니면 주변 사람들의 시선이나 남들이 결혼하니까 자신도 하고 싶은 것인가?

결혼하고 싶어 안달이 날 정도라면 눈높이를 조금 낮추거나 남성을 만나는 데 있어서 더욱 적극적으로 나서야 한다. 하지만 그렇지 않다면 결혼에 대해 목숨 걸 필요가 없다. 차라리 결혼이란 기회가 오면 하는 것이고 오지 않아도 상관없다고 생각하여야 한다. 대한민국 헌법에 '20세 이상의 성인이 되면 반드시 결혼하여야 한다' 는 것은 없다. 법에도 없는 것을 굳이 이행하려고 스트레스까지 받아가며 애쓸 필요가 있는가?

우리 나라 사람들은 유난히 주변 사람들을 의식한다.

'왜 결혼하지 않느냐고 물어보면 뭐라고 말하지', '혹시 결혼하지 않은

필요한 건 결혼하지 않더라도 결혼한 사람 못지 않게 인생을 즐겁고 행복하게,
그리고 내가 원하는 것을 하면서 살아가고 있는가이다.

게 어떤 결점이라도 있기 때문이라고 생각하는 건 아닌지', '혼자 산다고 무시하면 어쩌지' 등등 주변 사람들이 자신을 어떻게 바라볼지에 대해 신경을 쓴다.

지금까지 당신도 이런 생각을 했다면 이젠 쓸데없는 걱정이라 생각하고 한순간에 지워버려라. 남이 어떻게 생각하든 그다지 중요하지 않다. 정말 중요한 건 결혼하지 않더라도 결혼한 사람 못지 않게 인생을 즐겁고 행복하게, 그리고 내가 원하는 것을 하면서 살아가고 있는가이다.

우리의 인생을 대신 살아주거나 책임질 사람은 단 한 사람도 없다. 결혼을 한다고 해서 남편이 내 인생을 책임져주진 않는다. 또 결혼한다고 해서 모든 사람들이 행복하게 살아가는 것도 아니다. 결혼이란 우리 인생에서 선택 사항이지 필수 조건은 아니라는 것이다.

물론 독신자들의 경우 가끔씩은 혼자 사는 것에 대해 편견을 갖고 바라보는 사람들과 부딪힐 때도 있을 것이다. 과거에 비해 독신 생활자에 대한 편견이나 왜곡된 시선은 많이 사라졌지만 전혀 없다고는 말할 수 없기 때문이다.

하지만 혼자라는 것에 당당해져라. 직업적으로, 경제적으로, 사회적으로 남이 동정하거나 흉보지 못하게끔 최선을 다해 결과를 만들어라. 그리고 결혼은 해외여행을 가고 싶은 사람이 가듯 하고 싶은 사람만 하는 거라고 생각해라.

단 한 가지 조심해야 할 말은 있다. "그 지긋지긋한 결혼을 왜 해."라거나 "결혼하면 뭐해 힘만 들지."라는 결혼을 거부하는 말도 하지 마라. 이런 말을 한다면 당신 역시 편견을 지닌 한 사람에 불과할 테니까.

돈과 지위보다는 人間美 있고 성실한 남자를 택하라

20대초의 여성들은 멋있고 잘생긴 미남을 좋아한다. 데이트 상대인 애인을 선택함에 있어서 꽃미남이라면 더 이상 말이 필요 없어진다. 그러나 20대 후반 결혼 적령기로 접어들면서 여성들의 생각은 달라진다. 남자를 만나는 것은 곧 결혼을 위한 배우자를 만나는 일이라는 판단과 함께 얼굴보다는 상대의 경제적 능력과 직업을 중시한다. 결혼은 단순히 연애가 아니고 생활이라는 것을 알았기 때문이다.

가난하고 힘든 일을 하는 남자를 선택할 경우 자녀양육 및 교육에 있어서 어려운 게 현실이기 때문에 가능한 한 경제적으로 여유가 있는 집안의 아들이거나 돈을 잘 버는 직업을 지닌 남성을 만나 결혼을 하길 원한다.

여기서 잠깐 우리는 남자들의 심리나 사고방식을 체크해 볼 필요가 있다. 부유한 가정에서 성장한 남자의 경우 부모의 그늘에서 늘 맴돌기 때문에 극한 상황에서 스스로 살아남을 수 있는 자생력이나 의지가 약한 것이 사실이다. 일순간에 부모가 경제적 뒷받침을 끊는다면 마치 젖 먹던 아이가 엄마를 잃은 것과 같은 일이 된다. 게다가 어떤 일을 하던지 의욕이나 의지가 강하지 못해 도중에 쉽게 포기하게 된다. 어디 그뿐인가? 자신이 땀 흘리고 노력하여 돈을 벌어보지 않았기에 돈의 소중함을 모른다. 한 마디로 돈에 대한 개념이 없어 흥청망청 낭비하거나 세상 물정을 몰라 돈을 가치 있게 쓰지 못한다는 것이다.

돈을 많이 버는 직업인이거나 부와 사회적 지위를 동시에 지닌 사람들은 어떨까? 그들에게는 상대가 대등한 수준의 경제력을 갖춘 부유층 집안의 딸이거나 능력이 아주 뛰어나 돈도 잘 벌고 사회적 지위도 갖춘 여성이어야 접근이 가능할 것이다. 아직도 우리 사회에는 양쪽 집안의 경제적, 사회적 역량에 맞춰 결혼을 하는 이들이 적지 않으며, 여성 쪽이 남성 쪽에 비해 뒤진다 싶으면 열쇠 몇 개를 가져가야 하는, 다시 말해 보통사람들로서는 이해할 수 없는 그들만의 결혼 문화가 유지되고 있는 게 사실이다.

간혹 여성이 남성에 비해 경제적, 사회적으로 떨어진다 하더라도 결혼을 하는 이들이 있긴 하지만 그들 중에는 결혼 후 생활이 평탄하지 못한 이들이 적지 않다. 시부모의 말 한 마디에 스트레스를 받거나 혼수를 적게 해 온 것을 빌미삼아 폭력을 일삼는 배우자들도 있기 때문이다.

이런 사실은 이미 매스컴을 통해서 잘 알려져 있으며 우리 주변에서도 보고 들을 수 있는 일들이다. 그런데도 불구하고 꽃미남, 가정이 부유한 남자, 고시 합격한 남자, 돈 많이 버는 직업을 가진 남자들을 찾고 있는 여성이 있다면 참으로 안타까운 일이다.

경제력, 사회적 지위, 인간성, 외모 이 모든 것을 완벽하게 갖춘 남자라면 누구나 다 좋아할 것이며 이런 남자와 사랑을 하는 연인 사이라면 주변의 부러움을 살 만한 입장이 될 것이다. 그러나 흠잡을 데 하나 없이 완벽한 남성이 이 세상에 과연 몇 명이나 있을까?

여성들이여!

남자에 대한 시각을 새롭게 하자. 결혼을 전제조건으로 배우자감을 찾는다면 가장 먼저 건강과 성실성을 보아야 한다. 건강하지 못하고 성실하지 못하면 아무리 경제적 능력이나 외모가 뛰어나다 할지라도 한순간에 추락하거나 함께 살아도 스트레스 받아야 하는 날들이 많을 것이다. 다음은 미래에 대한 비전이 있는 사람인가이다. 20대, 30대는 경제적으로 넉넉하지 못해도 꿈을 실현할 수 있는 기회가 있기에 현재의 모습으로 사람을 평가하면 안 된다. 다만 오늘의 모습은 작거나 부족해 보일지라도 먼 훗날 10년 후, 20년 후에 자신이 원하는 목표를 달성하고 성공할 수 있는 사람인가 아닌가는 매우 중요하다. 이 점이 바로 미래의 비전이나. 또 한 가지 남성에게 있어서 갖추면 좋은 것이 인간성이다. 많은 사람들이 "그는 의리 있고 선하며 가슴 따뜻한 사람이다."라는 말을 한다면 그 사람은 인간성에서 100점을 주어도 될 만한 사람인 것이다. 친구, 가족, 동료들에게 의리와 신뢰를 인정받는 사람, 주변 사람들의 어려움과 아픔을 함께 나누는 사람이라면 자신의 배우자와 가족에게는 더할 나위 없이 잘 할 수 있는 사람이기 때문이다. 또한 사람은 자고로 인간적인 냄새가 풍겨야 매력이 있지 않은가.

건강하다. 매사에 성실하다. 꿈이 있고 향후 비전이 보인다. 인간성이 좋다.

만일 당신이 눈여겨보는 남자가 이 네 가지를 갖춘 사람이라면 적극적
으로 구애 공세를 펴도 좋을 것이다. 이런 남자야말로 자신에게 주어진 삶
을 가치 있고 아름답게 펼쳐나갈 사람인 것이다.

남자 친구 두세 명은 반드시 만들어라

애인이 있는 여성이 자신의 남자 친구를 애인에게 소개시켜줄 수 있다면 그녀야말로 인간 관계에서 성공할 것이며 멋진 애인과 의리 있는 남자 친구를 두게 된 행복한 사람이다. 기혼여성들의 90% 이상이 결혼 전 친구처럼 지내던 남자 친구들과는 연락을 하지 않고 지내기 때문이다.

여성들이 이성으로서의 감정이 아닌 우정으로서 남자 친구들과 만날 때는 주로 학창시절이다. 이 시기에는 학생이기에 같은 동아리 또는 같은 과 남학생들과 아주 편안하게 친구 관계를 갖고 동성 못지 않은 우정을 과시하기도 한다. 함께 술을 마시고 영화도 보고 나이트도 가지만 두 사람의 관계는 친구로서 우정을 유지한다. 하지만 학교를 졸업하고 사회로 진출하면 이성 친구들은 하나둘씩 멀어져만 간다.

나이를 한두 살씩 먹어갈수록 비슷한 처지에 놓인 동성의 친구에게 고민을 털어놓게 되며 애인으로서의 남자 친구를 만나게 되면 그 이전의 이성 친구들에 대해 소홀해지거나 만남 자체를 꺼리게 된다.

가장 큰 이유는 현재 사귀는 애인이 남자 친구들과 어울려 지내는 것을 좋아하지 않기 때문이다. 이럴 경우 예전의 남자 친구들은 여자 친구의 애인이 어떤 사람인지 궁금해서 함께 술 한 잔 하자고 해도 여자 입장에서는 이런저런 핑계를 대며 회피하는 경우가 다반사다.

이런 이유 때문에 남녀간의 우정은 과연 가능한가? 라는 의문을 갖는 이들이 한둘이 아니다. 하지만 자기 관리에 철저하고 인간 관계를 잘 관리하는 여성은 그렇지 않다. 애인이 생기면 자신 있게 남자 친구들을 소개하여 그들이 서로 친해질 수 있도록 하며 마찬가지로 남자 친구가 애인이 생기면 그 애인과 같은 여자로서의 친분 관계를 쌓아간다.

당신도 애인 때문에 배우자가 될 남자 때문에 오랫동안 우정을 쌓아왔던 남자 친구를 버릴 것인가? "절대 그러지 마십시오."라고 당부하고 싶다.

동성이 아닌 이성이기에 서로의 신뢰가 바탕이 되고 양쪽의 배우자나 연인들 또한 두 사람의 만남을 완전한 우정으로 볼 수 있는 신뢰가 요구된다. 이 때문에 30대가 넘어가면 생각처럼 이성의 친구와 우정을 유지하는 게 어려워지는 것은 사실이다. 사람은 살아가면서 동성 친구에게는 자존심 때문에 또는 동성 친구는 이해하기 힘든 이성 문제이기에 오히려 이성 친구에게 털어놓고 말하고 싶을 때가 종종 있다. 게다가 기혼자일 경우에는 가정에서 배우자의 행동이나 생각에 이해가 되지 않는 경우 이성의 친구로부터 조언을 구하거나 의문의 답을 얻을 수도 있다. 이런 대화에서 얻는 장점도 크지만 반드시 그런 것이 아니더라도 우정으로서의 깊이를 생각한다면 굳이 성을 가려서 만날 필요는 없는 것이다.

어느 날 애인과의 말다툼 끝에 애인이 이렇게 말했다.

"너는 군대도 안 다녀온 여자라서 내 말 이해 못해. 그러니 이쯤에서 내가 양보하마. 없던 일로 치자."

한편으로는 무시하는 것 같아 자존심도 상하고 다른 한편으로는 '대체 군대 문화가 어떤 것이기에 날 이해시키기 어렵다는 것인가' 라는 의문을 가질 수도 있다. 만일 애인 외에도 우정으로 이어온 남자 친구가 있다면 애인에게서 들을 수 없었던 얘기를 그에게서 들을 수도 있을 것이다. 그리고 애인이 직접 말하지 못한 심정이나 입장을 이해하게 될지도 모를 일이다.

또 있다. 주변에 우정 관계인 남자 친구가 여럿 있는 사람이라면 적어도 이런 말은 자주 하지 않을 것이다.

"대체 남자라는 인간들 왜 그런지 몰라."라던가 "남자들 정말 짜증나. 이해할 수 없음이야."라는 말로 남자들의 세계에 대한 무모한 비판이나 비난은 하지 않을 테니까.

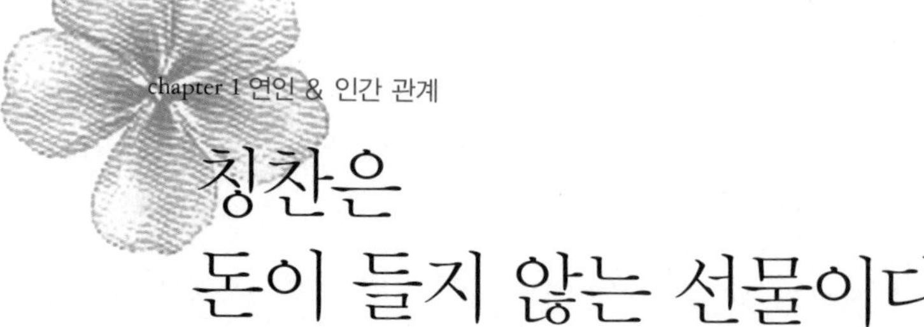

칭찬은
돈이 들지 않는 선물이다

"너는 참 대단해. 너의 디자인 실력을 이미 알고는 있었지만 이번 제품 디자인은 정말 좋은 걸. 해외 명품 회사에서 특채한다는 연락이라도 오는 것 아냐?"

"너는 동작이 빨라서 뭐든지 신속해. 어떻게 이런 요리를 10분 만에 했는지 놀라울 따름이야. 게다가 맛도 너무 좋은 걸. 너는 음식점을 차려도 성공할 거야."

조금은 띄워주는 듯한 여운이 느껴지기도 하지만 어찌 됐든 상대의 장점이나 잘 한 일을 칭찬해 주는 일이니 설령 조금 넘친다 하더라도 듣기 좋은 말이 아닐 수 없다. 이 세상 모든 사람들은 자신을 칭찬하는 말을 듣고 싶어 하며 칭찬의 말을 들으면 더욱 힘이 생기고 자신감이 생긴다. 그리고 자기 자신에게 만족스러워하게 되며 그로 인해 행복을 느낀다. 칭찬의 위력은 대단한 것이어서 '칭찬은 고래도 춤추게 한다'는 말도 있지 않은가? 그뿐만이 아니다. 식물도 칭찬을 해주면 더 잘 자란다고 하지 않는가.

칭찬의 말이 이처럼 좋은 것임에도 불구하고 남을 칭찬해 주고 칭찬받는 것에 대해 익숙치 못한 사람들이 적지 않다. 칭찬에 인색한 것처럼 보이는 사람들 대다수는 마음속으로는 칭찬을 해주고 싶지만 선뜻 입에서 말이 떨어지질 않는 것이다. 칭찬하는 그 자체에 대해 스스로가 쑥스러워하는 것이다. 또 칭찬 받는 것에 적잖게 당황해 하는 사람들 역시 칭찬을 받으면 기분이 좋으면서도 "그런 소리 마세요."라던가 "아휴, 저는 칭찬받을 만한 자격 없어요."라면서 지나치게 겸손의 자세를 보인다.

주변 사람들이나 아는 이들로부터 보다 매너 좋고 마음이 넉넉한 사람으로 인정받으려면 이제부터는 칭찬에 인색하지 말자. 특히 칭찬을 할 때는 즐거운 마음, 즐거운 목소리로 칭찬해 주자. 내가 던진 칭찬의 말 한 마디는 상대의 기분을 즐겁게 해주고 자신감을 심어주기도 하지만 때로는 한 사람의 인생을 성공의 길로 들어서게 이끌어주는 큰 힘을 발휘하기도 하니 칭찬이란 얼마나 좋은 것인가.

영국의 시인이며 소설가인 월터 스코트 경은 어린 시절 들은 칭찬 한 마디에 인생을 바꾸는 결심을 하고 결국 위대한 작가가 되었다.

스코틀랜드에서 태어난 월터 스코트는 내성적인 성격에다 공부도 뒤떨어져 열등반에 들어갈 정도였다. 어느 날 유명한 시인들의 전시회에 참석했는데, 스코틀랜드의 시인인 로버트 번즈가 어린 월터 스코트의 시를 읽고 감동하여 머리를 쓰다듬으며 칭찬을 하였다.

"너는 위대한 시인이 될 거야."

이 칭찬은 어린 소년을 위대한 작가로 만들었으며, 칭찬의 위력이 얼마나 크게 작용하는지 보여주고 있다.

이처럼 칭찬은 모든 사람들에게 좋은 것이지만 특히 어린이나 10대들에게는 성공 인생의 방향을 제시해 줄 수 있을 만큼 동기 부여의 효과가 매우 큰 게 사실이다.

저자 역시 초등학교 시절 "편지를 아주 잘 쓰는구나. 훗날 뛰어난 문장가가 되겠는 걸." 하는 주변 사람들의 칭찬의 말과 대학 시절 한 교수님의 "졸업 후 어떤 직업을 택할 건가. 습작 원고를 보건데 내 생각에는 글을 계속 쓰는 게 좋겠는 걸. 스토리를 이끌어가는 힘이 대단하단 말이야."

칭찬이 지금까지 글을 쓰는 직업을 지켜오는 데 큰 힘이 되었던 게 사실이다.

칭찬과 관련하여 또 한 가지 우리가 관심을 가져야 할 사람들이 있다. 바로 가까운 친구나 가족에 대한 칭찬이다. 우리 나라 사람들은 대체적으로 자신과 가까운 사람에 대한 칭찬에 더 인색하다. 말하지 않아도 상대가 마음을 알고 있을 것이라는 생각 때문이다. 하지만 말하는 것과 하지 않는 것은 상당한 차이가 있으며 특히 가까운 사람의 칭찬일수록 가슴에 더 큰 선물로 다가온다는 것을 알아야 한다.

먼저 화내지 마라

"자기는 말을 왜 그렇게 해. 그럼 내가 잘못했다는 거야? 정말 웃기지도 않아."

"아니. 그런 거 아닌데. 갑자기 왜 그래?"

"뭐라고. 그냥 좀 바쁘니까 다음에 가자고. 뭐가 얼마나 바쁜데. 나는 뭐 한가해서 인사드리러 가니?"

"그렇게 화낼 일은 아닌 것 같은데. 나도 그만한 이유가 있으니까 그런 거지. 시시콜콜 어떻게 다 설명을 하니."

"적반하장이네. 아니 애인한테 자기 바쁜 일이 어떤 건지 말하는 것도 시시콜콜한 일이니. 말 못할 사연이라도 있겠지. 지난번처럼 작년에 사귀다 헤어졌다는 그 촌스러운 애 만나려고 하니?"

“지금 너 뭐하자는 거야. 할 말이 있고 하지 말아야 할 말이 있는 거잖아. 너처럼 불 같은 성격 다 받아주기는 좀 힘들 것 같다. 됐다. 우리 다시 한 번 서로를 생각해 볼 필요가 있구나. 한두 번도 아니고 허구한 날 자기 멋대로 화내고 소리치고. 그것도 때와 장소도 가리지 않고…….”

이쯤 되면 연인 관계인 두 사람의 사이는 한동안 냉전의 시간을 갖게 될 것이다. 어느 한쪽의 사과가 너무 늦어진다면 헤어져야 하는 일이 생길지도 모른다. 연인 관계, 부부 관계에서는 대체적으로 남성에 비해 여성이 화를 많이, 그리고 자주 내는 편이다. 이와 관련하여 분석된 정확한 자료는 없지만 여성이 남성에 비해 화를 참는 인내력이 부족하다고 볼 수도 있고 다른 한편으로는 너무 솔직하거나 감성이 예민하기 때문에 할 말을 가슴에 담고 있지 못하고 순간적으로 터트리는 것이 아닐까 싶다.

연인이나 부부 사이가 그래도 몇 년 지났다면 여성이 화를 내는 것쯤이야 상대 남성이 참고 넘어가 주는 게 다반사지만 서로 만난 지 오래 된 사이가 아닌 경우에는 사소한 일로 헤어질 수도 있다. 물론 대부분은 칼로 물 베기처럼 시간이 조금 지나면 쉽게 풀어지고 화해하게 될 것이다.

화를 낸다는 것, 그것도 대인관계나 비즈니스 때 먼저 화를 낸다는 것은 매우 위험한 일이다. 자칫하면 인간 관계가 무너지는 동시에 예의 없는 사람처럼 취급받을 수 있으며 비즈니스 시에는 아주 중요한 계약이나 거래를 한순간에 무너뜨리는 결과를 초래하기도 한다. 오죽 하면 대화나 토론 또는 타협할 때 ‘먼저 화 내는 사람이 손해를 본다’는 말도 있지 않은가.

화를 참지 못하는 성격의 소유자라면 나름대로 순간적인 화를 스스로 컨트롤하는 방법을 찾아야 할 것이다. 30초만 참았어도 싸움으로 이어지지 않을 일을 그 짧은 시간을 못 참아 결국 화를 내고 상대와 싸움으로 이어지는 일은 비일비재하다.

한 여성의 예를 들어보자. 성격이 급한데다 감성이 남달리 예민한 최대리는 기획실의 홍일점으로 평소 똑똑하고 정 많으며 일 열심히 하는 사람으로 통한다. 하지만 이런 최대리에게 가장 큰 단점이 있으니 그것은 다름 아닌 화를 자주 낸다는 것이다.

이를 테면 입사 동기인 영업부 조대리가 모처럼만에 엘리베이터에서 만나자 반가운 나머지 농담을 건넸다.

"능력 많다고 소문났더라고. 능력 인정받을 때 남자도 빨리 잡아야지."

그러자 최대리는 불끈 화를 낸다.

"조대리, 그게 무슨 말이야. 남자가 내 인생의 전부가 아니거든. 그런 쓸데 없는 말은 다른 곳에 가서 하라고. 흥."

이쯤 되면 조대리는 미안해서 얼굴이 붉어질 것이며, 한편으로는 '성격 참 못 됐군' 이라는 말을 속으로 삼킬 것이다.

매사에 지나치게 과민반응을 보이는 최대리의 참지 못하는 성격은 또다시 사고를 터트린다. 어느 날 부장이 기획실 팀원들을 모아놓고 한 마디 던졌다.

"기획안 어제까지 내라고 했는데 대체 뭣들 하는 거야. 그리고 주5일 근무로 이틀씩이나 쉬면서 금요일 퇴근할 때 책상 정리도 못하고 갈 만큼 뭐가 그리들 바쁜 거야. 대체 내가 꼭 시시콜콜 이런 잔소리를 해야 되는 거야."

남자 직원들은 쥐 죽은 듯이 말이 없다. 사실 부장은 5명의 부하직원 중 최대리와 이과장은 매사에 철저하다는 것을 알고 있고 또 이들에게는 문제가 없다는 것을 인정한다. 하지만 조직은 팀워크가 중요하기 때문에 단

체로 혼을 내주고자 하는 것이다. 하지만 성질 급한데다 다른 사람으로부터 부당한 지적을 받으면 못 참는 성격인 최대리가 가만히 있지 못했다.

"부장님, 할 말 있습니다. 저는 지금까지 책상 정리하지 않고 퇴근한 적은 한 번도 없습니다. 그리고 기획안은 이미 지난주 목요일에 드렸는데요."

최대리의 목소리는 마치 조목조목 따지는 듯한 말투인데다 톤도 높아져 누가 들어도 오히려 상사에게 화를 내는 것처럼 들렸다. 부장이 참고 넘어갈 리가 없다.

"이봐 최대리. 지금 나한테 화내는 거야? 그리고 입사 경력 4년이면 눈치 좀 있어야 되지 않나. 내가 지금 최대리 나무라고자 이러는 게 아니라는 것 모르나. 벼는 익을수록 고개를 숙인다는 말 좀 다시 한 번 되새겨보라고."

최대리도 기분이 좋을 리 없지만 동료 직원들은 아마도 부장의 질타보다는 최대리의 잘난 척(?) 하는 발언에 더욱 불쾌할 수도 있다.

사소한 일에서의 실수 또는 급한 마음에 화를 낸 결과는 이 정도에서 끝이 날 수 있다. 그러나 만일 연간 500만불의 수출 계약을 앞두고 외국의 바이어와 상담을 하는 중에 상대의 말을 오해하여 화를 내서 그 일로 계약이 취소됐다면 어떠하겠는가?

주변 사람들과 원만한 인간 관계를 유지하고 직장에서 능력에 맞는 대우를 받으며 성장하려 한다면 또 직접 사장이 되어 사업을 이끌어갈 작정이라면 적어도 최대리 같은 성급한 성격과 지나치게 예민한 반응을 보이는 일은 자제하여야 한다.

<h3 align="center">이렇게 해보자_(화를 참으려면)</h3>

* 상대가 눈치 채지 못하도록 숨을 깊게 들이마시고 내쉬면서 호흡을 조절해라.

* 가능한 한 말을 참아라. 굳이 해야 된다면 상대의 말이 다 끝난 뒤에 해라.

* 말을 할 때는 톤을 약간 낮추고 감정을 최대한 자제해라.

* 현재의 상황에서 거론되던 내용의 말만 해라. 과거에 있었던 상대의 실수나 문제점을 함께 지적하지 마라.

* 손으로 액션을 취하거나 다른 도구를 손에 잡지 마라.

먼저 남의 말을
들어 주어라

대화를 잘 하기 위한 몇 가지 조건 중 하나는 다름 아닌 '먼저 남의 말을 들어주는 것'이다.

대인관계나 비즈니스 시에 우리는 상대와 대화를 나누게 된다. 대화 없이는 그 무엇도 이루어지지 않기 때문이다. 그러나 대화에 앞서 우리는 보통사람들의 공통된 심리를 읽을 수 있어야 한다.

대체적으로 사람들은 이런 사람들과 대화 나누기를 좋아한다.

말을 많이 늘어놓는 사람보다는 자연스러운 질문을 통해 말할 기회를 주는 사람, 서로 공감대가 형성되는 이야기를 화두로 꺼내는 사람, 어둡고 우울한 얘기보다는 재미있거나 유익한 이야기를 하는 사람, 내가 말할 때 아는 척을 하며 말을 끊기보다는 고개를 끄덕이면서 나의 말에 귀 기울여

들어주는 사람.

아무리 말수가 없어 보이는 사람이라 할지라도 그가 잘 아는 분야, 관심을 갖고 있는 분야에 대해 질문하거나 대화를 유도하면 마치 기다렸다는 듯이 말 보따리를 술술 풀어놓는다.

비즈니스를 하는 내가 이제 막 상대를 알게 되어 가는 과정 중에 있을 때 내가 팔고자하는 상품을 구구절절 설명했다가는 십중팔구 실패다. 잘 알지도 못하는 상대에게 "이 제품 너무 좋으니 사용해 보십시오."라며 제품의 성능이 좋다는 것을 아무리 설명한들 상대가 그것을 인정할 리가 없다. 또 상대는 남의 애기를 들어줄 만큼 한가하지도 않을 테니 10분도 못가서 자리에서 일어나게 될 것이다.

이런 경우 상대의 관심사에 대해 먼저 말을 꺼내거나 가장 최근에 이슈가 되고 있는 이야기들을 화젯거리로 던져야 한다. 단 정치나 경제 관련 뉴스는 말하지 않는 것이 좋다. 이를 테면 옷을 만드는 의상 디자이너라면 최근에 유행하는 디자인이나 스타일을 물어본 후 상대의 말을 진지하게 받아들이면 대화의 물꼬는 터진 셈이다. 또 같은 여성으로서 공감대를 쉽게 형성할 수 있는 문화나 예능, 또는 자녀들 교육이나 성장에 대한 이야깃거리를 꺼내면 상대가 쉽게 입을 열 것이다.

만일 꼭 그 자리에서 제품을 소개해야 한다면 대화를 한참 한 후 끝날 무렵에 가서 아주 간단하고 명료하게 제품을 소개하여야 한다. 그리고 그 자리에서는 구입 의사를 요구하지 않는 것이 바람직하다. 제품은 다음 기회에 팔아도 무관하므로 먼저 편하고 자연스럽게 만들어가는 게 유리하다.

설령 비즈니스가 아니더라도 상대의 말을 들어주는 것은 상대와 가까워지는 비결이 된다. 사람들은 누구나 자신이 고민하거나 힘들어하는 문제

를 진심으로 들어주는 사람에게 털어놓길 원한다. 또 자신이 관심을 갖고 있는 분야에 대해 누군가에게 자신있게 설명해 줌으로써 스스로 만족을 얻기도 한다.

그렇다면 상대가 무슨 말을 하고 싶어하는지 그 사람의 현재 상황과 기분은 어떠한지를 먼저 파악하여야 한다. 그리고 그 상황에 적절한 질문을 통해 대화의 장을 열어놓아야 할 것이다.

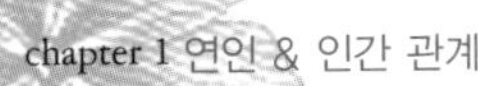

페미니스트보다는
휴머니스트가 되어라

길 한복판에서 택시 기사와 여자 승객 사이에 싸움이 벌어졌다. 요금 때문에 실랑이가 벌어지고 오고 가는 말이 거세어지더니 급기야 욕설이 오가고 손발까지 나가자 주변 사람들이 몰려드는 상황이 되었다.

이때 유독 적극적으로 뛰어들어 싸움을 말리는 두 사람이 있었다.

한 여성이 말했다.

"어머, 아저씨. 이거 너무하잖아요. 남자가 치사하게 여자를 두들겨 패놓고 이게 뭐하는 거예요…… 뭐라고? 어디다 대고 '지집년'이라는 거야 지금. 남자면 다야. 여자가 뭘 어쨌는데. 나 여자라서 당신이 뭐 보태준 거 있어. 여자라고 우습게 보는 거야. 그래도 주제에 두 쪽 달고 나왔다고 큰 소리야. 허 참 기가 막혀. 야, 너도 남자야? 너 같은 것들은……."

다른 여성은 이렇게 말한다.

"이러시면 안 되지요. 사람을 때리면 어떻게 합니까? 말로 하셔야지요. 글쎄~ 누가 잘 하고 못 했든 나이 드신 분들이 욕하고 때리고 이래서야 되겠습니까. 그만들 하세요. 아주머니 가만히 계세요. 움직이시면 피가 더 나오니까 진정하세요. 아저씨 너무하신 거 아니에요. 사람이 다쳐 피가 나오잖아요. 지금이 어느 시대인데 여자 운운하고 그러세요."

두 번째 여성의 말처럼 시대는 달라졌다. '암탉이 울면 집안이 망한다'던 여성 비하의 60~70년대도 아니고 '남성 지배 구조를 과감히 부수고 여성이 일어서야 한다'며 외치던 페미니스트들이 대거 출현했던 80~90년대도 지났다. 지금은 2천년대다.

요즘은 '여자'라는 것을 유독 내세우거나 강조하는 사람이 촌스러워 보이는 시대다. 남성에 대항하여 여권 신장을 주장하지 않아도 이미 여권은 법적으로, 사회적으로 남성과 동등한 궤도에 올라서 있기 때문이다. 물론 급하게 법과 제도를 정비하고 신설하다 보니 미흡한 분야나 부분이 있을 수 있고 일부 남성들의 보수적인 의식이나 견해로 인해 여성들이 힘든 상황은 있을지 몰라도 대내외적으로 현시대가 남녀 평등의 시대라는 데 이의를 제기할 사람은 없을 것이다.

성별이나 인종, 국가를 떠나서 이제 지구촌에 존재하는 모든 사람들은 인간이라는 이름 하나로 대접받는 평등한 사회에서 저마다 인간적인 냄새를 풍기며 사는 것이 아름답고 바람직한 삶으로 평가받게 됐다. 특히 산업 사회를 거쳐 첨단 과학이 위력을 발휘하는 정보화 사회로 들어서면서 탈(脫) 메카니즘을 부르짖는 이들이 늘고 있다. 농경 사회든 첨단 정보화 사회든 사람들을 하나로 묶어주는 것은 휴머니즘이다. 인간애 없이 이 세상은 존재할 수가 없다. 수많은 기아와 난민을 향해 도움의 손길을 뻗치는 것은 이 세상에 존재하는 한 사람으로써 마땅히 해야 할 일이다.

이기주의적이고 개인주의적인 사회, 독재적이고 기계적이며 인간의 감성이 죽은 사회는 더 이상 환영받지 못한다. 우리 사회가 아름답기 위해서는 보다 많은 휴머니스트들이 필요하다.

따뜻한 감성과 부드러움, 섬세함, 그리고 강한 모성애를 지닌 여성들은 남성에 비해 훨씬 더 휴머니스트로서의 기본적인 자격을 갖추고 있는 셈이다. 그렇다면 21세기를 사람이 존중받는 아름다운 시대가 될 것으로 기대해 보아도 좋을 일이다. 21세기는 여성들의 활약이 크게 기대되는 시대인 만큼 휴머니스트 또한 많아질 것이기 때문이다.

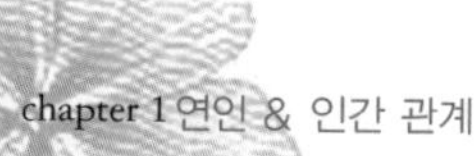

목표를 지닌 친구를
자주 만나라

"야, 너 때문에 오늘 하루 다 지나갔어. 무슨 쇼핑을 그렇게 오래 하냐. 다음에도 이렇게 오래 걸리면 난 동대문 안 갈래."

친구와 함께 쇼핑을 갔다가 한나절을 다 보내고 돌아오는 차 안에서 그녀는 친구에게 불평처럼 이렇게 말한다. 이튿날 회사에 출근해서도 그녀는 마찬가지다.

"어제 짜증나 죽는 줄 알았어. 내 친구 은숙이 그 계집애 때문에. 옷 한 벌 사는 데 세 시간을 넘게 돌아다녔다니까. 쇼핑 갔다 오니까 저녁 때 다 되더라고."

이미 지나버린 일을 갖고 아무리 하소연한들 흘러가버린 시간은 다시 돌아오지 않는다. 문제가 있다면 처음부터 쇼핑마니아인 친구의 쇼핑 제의에 아무 생각 없이 따라간 그녀 자신이다.

친구를 사귈 때 '미모가 뛰어나고 똑똑하며 돈도 좀 있는 사람'이라는 전제하에 요모조모 가려가면서 찾는다면 그것은 친구를 사귀는 게 아니라 비즈니스 대상을 찾는 일이나 다름없는 것이다. 학창 시절, 직장 생활, 사회 활동 등을 통해서 비슷한 또래의 많은 사람들을 만나게 되고 그중에서 자연스럽게 가까워져 친구를 사귀게 된다. 이런 친구들 중에는 부유한 사람도 있고 성장 환경이 힘들고 어려웠던 사람, 불의의 사고로 신체의 일부에 장애가 있는 사람 등 다양할 수밖에 없다. 또 많은 친구들 중에서도 자주 어울리면서 친분 관계가 두터운 이들도 있고 1년에 한두 번 볼까 말까 한 이들도 있다.

단 한 가지 친구를 사귐에 있어서 자주 만나면 만날수록 힘이 되고 용기를 얻는 친구는 바로 '목표를 향해 열심히 살아가는 사람'이다. 사람들은 저마다 목표를 갖고 살아가긴 하지만 남달리 목표를 이루고 말겠다는 신념이 강하고 그에 따라 열정을 쏟는 이들이 있다. 이런 사람들은 곁에서 그를 지켜보는 것만으로도 힘이 생기고, 만나서 대화를 나누다 보면 자신도 모르게 상대의 열정 속에 하나가 되어 상대의 생활을 벤치마킹하거나 잠시 흐트러졌던 마음에 경각심을 갖게 되기도 한다.

이를 테면 '친구는 하루 5시간씩 자면서 아침 운동도 하고 밤에는 대학원도 다니는데 나는 직장만 왔다갔다 하면서도 허구한 날 늦잠에 지각하기가 일쑤 아닌가'라는 생각을 갖게 된다. 이미 친구로 인해 생각의 변화를 맞이하게 된 것이고 보다 좋은 방향으로 자신을 이끌게 될 것이다.

유유상종이라는 말이 있다. 사람들은 저마다 끼리끼리 어울린다는 말이다. 인간은 환경의 영향을 받는 존재이므로 자신이 처해 있는 환경이 어떠

한가에 따라서 미래와 비전도 달라진다.

쇼핑 좋아하고 수다 떨기 좋아하며 남자 친구들과 있었던 일들이나 떠벌리는 친구들을 자주 만나다 보면 자신도 모르는 사이에 그들과 같은 사고와 행동에 길들여지게 된다. 반대로 매사에 자기가 정해놓은 목표를 향해 열정적으로 살아가며 시간을 쪼개가면서 남들보다 두 배로 부지런하게 살아가는 친구가 있을 때 이런 친구를 자주 만나게 되면 자신 스스로를 돌이켜 보게 되고 친구의 장점을 벤치마킹하게 된다.

전자처럼 적당히 일하며 즐길 것인가 아니면 후자와 함께 서로를 격려하고 조언해 주면서 열정적으로 살아갈 것인가는 각자에게 달려 있다.

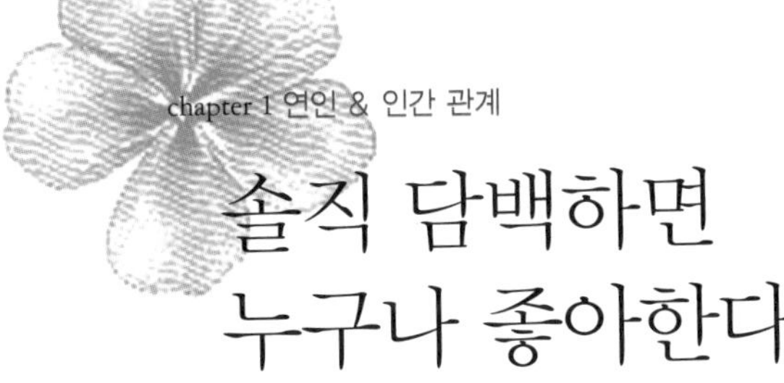

솔직 담백하면
누구나 좋아한다

우리 나라 사람들에게 '성(性)'은 아직도 겉으로 드러내기보다는 안으로 감추는 것 중의 하나다. 이런 보수적인 사회에서 어느 날 한 여성이 그것도 공중파 방송에서 성을 과감하게 말하기 시작했다. 그러나 그녀가 말하는 성은 듣기 거북하고 부담스러운 것이 아니라 웃음 속에서 자연스럽게 공감하고 이해되는 성이었다. 이로 인해 그녀는 스타강사가 되었고, 10대들에게는 성 전문 상담가이자 엄마보다 편한 아줌마가 되었다.

구성애, 그녀는 솔직하고 대담하게 성에 대해서 이야기를 꺼내고 아름다운 성에 대해서 그리고 바람직한 성 문화를 알리려고 노력하고 있다. 그녀의 말솜씨는 약간은 거칠어 보이지만 대담하다. 하지만 솔직하고 꾸밈없다.

사람들은 다른 사람 앞에서 말을 할 때 자신의 생각을 좀 더 아름답게 보이기 위해서 말을 꾸미는 경우가 많다. 그런 경우 자칫 말이 길어지고 결국엔 말의 중요한 뜻이 흐려지지만 구성애씨는 자신이 하고자 하는 말을 꾸밈없이 솔직하게 말하여 사람들의 공감을 얻는다. 성에 대해 고민이 많은 10대 청소년들이나 이들을 지켜보고 도와주는 엄마들은 자신들이 느끼며 말 못하고 고민하던 것을 그녀가 대신 말해 주니 속이 후련한 것이다.

사람들은 대체적으로 구성애씨처럼 솔직하고 꾸밈이 없이 있는 그대로의 모습을 보여주고 말하는 사람을 좋아한다. 자신 역시 솔직 담백함을 사람들에게 보여주고 싶지만 친분 관계가 없거나 이제 막 알게 되는 사람들에게는 솔직 담백한 모습을 쉽게 보여주지 못한다. 그것은 '상대가 어떻게 받아들일까'에 대한 염려와 '꼭 그렇게까지 나를 보여줘야 하는가'에 대한 자존심 때문이다. 따라서 자신은 못하지만 내면은 그것을 원하고 있기에 누군가 솔직 담백한 모습으로 다가올 때 그에 대한 평가는 기다렸다는 듯 후한 점수를 주게 된다.

직장에 신입사원이 입사했다. 밝고 명랑한 표정과 행동이 신입사원다운 신선함을 드러내 사무실 분위기까지 좋아졌을 정도다. 그런데 어느 날 이 사원이 업무 도중 실수를 하고 말았다. 이로 인해 사무실 직원들이 두어 시간 정도 야근을 해야 하는 상황이 벌어졌다. 이때 당사자가 윗사람에게 찾아가 "제가 그만 큰 실수를 했습니다. 다음부터는 이런 일이 없도록 만전을 기하겠습니다."라고 먼저 말했다면 직원들은 누구나 신입사원 시절 한두 번쯤 할 수 있는 실수려니 이해하고 넘어간다. 그리고 솔직하게 자신의 잘못을 인정하고 용서를 구하는 모습에 고개를 끄덕일 것이다.

하지만 반대로 신입사원이 실수를 저질러 놓고서도 하지 않은 양 말하지 않고 있었다면 어떨까. 게다가 자신의 실수이기보다는 컴퓨터의 문제였다고 변명을 늘어놓았다면 그에 대한 직원들의 평가는 한 마디로 "아닌데"일 것이다. 그리고 솔직하고 순수할 것이라고 믿었던 그에 대한 배신감 때문에 그를 바라보는 시선들은 한결같이 곱지 않을 수밖에 없다.

아랫사람만 솔직 담백한 모습이 좋은 것은 아니다. 상사라 할지라도 늘 꾸밈없이 있는 그대로 말하고 행동하면 "우리 부장님 성격 정말 깔끔하신 분이야."라는 말이 저절로 나올 것이다. 기업의 CEO 역시 기업의 재무구조나 회계 상황을 전직원에게 솔직하게 밝히고 권위 의식을 버리고 자연스럽게 대해 준다면 그 회사의 직원들은 사장을 신뢰하게 되고 나아가서는 회사에 대해 열정을 쏟게 된다.

그래서일까. 사람들은 가끔씩 이렇게 말하기도 한다.

"솔직하면 모든 게 용서된다"라고.

약속을
중시 여겨라

　현대인은 바쁘다. 특히 직장인은 더 그렇다. 월요일부터 금요일까지 일주일에 5일간은 꼼짝없이 직장에 묶여 있어야 한다. 퇴근 후 활용 가능한 시간은 보통 두세 시간. 12시 전에 집에 들어가려면 동료들과 저녁 한 끼 먹더라도 맘 편하게 술 마실 여유가 없다. 보통 7~8시 퇴근하여 밥 먹고 나면 9시가 넘고 1시간 정도 걸려 집에 갈 생각을 하면 시원한 생맥주 한 잔마저도 부담스러워진다. 주 5일 근무라고는 하지만 토요일, 일요일은 가정에서 가족들과 보내거나 자기 계발에 시간을 쏟는 이들이 많다보니 학교 동창, 전 직장 동료 한번 만나려면 약속을 서너 번씩은 해야만 그것도 1년 만에 한 번 만날까 말까다. 그러니 죽도록 사랑하는 애인이 아닌 이상 평일 퇴근 후 누군가를 만난다는 것은 몇 번을 망설여야만 가능한 일이다.

이렇게 바쁜 날들을 보내다 보니 때로는 저녁 약속이 겹치거나 갑작스러운 회사 일로 사전에 취소를 해야 하는 경우도 적지 않다. 사전에 미안한 마음으로 상대에게 약속을 지키지 못하게 된 사정을 알려주는 것은 그나마 다행이다. 아예 약속을 잊고 넘어가는 일도 생긴다.

그러나 중요한 것은 약속을 잊는다는 것은 그 어떤 핑계로도 이해될 수 없다는 것이다. 또 약속을 잘 지키지 않는 사람들을 보면 대부분 습관적이라는 데 문제가 있다.

약속이라고 해서 누군가와의 만남에만 국한시켜 말하고자 하는 것은 결코 아니다. 다만 만남에 대한 약속이 일상적인 일이고 자주 갖게 되는 일이기에 단적인 예를 든 것뿐이다.

어떤 약속이든 약속은 반드시 지켜지도록 노력해야 한다. 친구에게 돈을 빌리고 갚기로 한 날 정확하게 갚아주는 것, 애인과 영화를 보기로 했으면 약속했던 시간과 장소에서 그 영화를 보는 것, 조카에게 장난감을 선물하기로 했으면 그 약속을 지키는 것 등등. 약속은 그 상대나 성격에 상관없이 자신이 동의했던 일인 만큼 지키는 것이 당연하다. 하지만 약속을 중요시 여기지 않고 쉽게 잊어버리는 이들의 경우 자신이 약속을 지키지 않음으로 인해 상대가 받아야 할 마음의 상처나 충격에 마음 쓰지 않는다. 그렇기 때문에 그들은 약속을 쉽게 무시해 버리는 것인지도 모른다.

친구든 연인이든 가족이든 그 누구든지 간에 약속을 무시해 버리는 사람에게는 신뢰를 갖지 않는다. 어쩌다 한두 번 본의 아니게 약속을 저버리는 경우 이해하고 넘어가기도 하지만 약속을 저버리는 횟수가 많다보면 상대는 더 이상 약속을 하려고 하지도 않을 뿐더러 인간 관계에서 가장 중요한 신뢰를 갖지 못하게 된다. 이는 결국 약속을 잊어 버린 사람이 치러야

할 죗값 같은 것이다. 죄는 형량이라는 일정 기간이 지나면 사라질지 모르지만 한번 무너져버린 신뢰의 탑은 다시 쌓기가 어렵다.

특히 여성의 입장에서 무엇보다도 신경써야 하는 약속의 상대는 미혼이라면 애인이고 기혼자라면 배우자일 것이다. 친구나 가족이라면 무심코 잊어버린 약속에 대한 서운하거나 불쾌한 감정이 시간이 흘러 사라지기도 하지만 애인이나 배우자는 다르다. 한번 신뢰를 잃게 되면 그 다음은 불신의 골이 갈수록 깊어지기 마련이다.

예를 들면 1년 정도 사귀었으나 아직 결혼을 약속한 사이는 아닌 연인이 있다. 애인과 음악 공연을 보러 가기로 하여 상대가 티켓을 구입해놓고 기다리고 있는데 공연 당일 아침 급한 일이 생겨 갈 수 없게 됐다고 말한다면 상대는 매우 속상해 할 것이다. 그리고 약속을 지키지 못하게 된 이유가 다급한 회사일이나 가족의 문제라면 참고 넘어가겠지만 사소한 일로 약속을 지키지 않으려 했다면 상대의 마음은 흔들릴 수밖에 없다. 심지어 상대는 약속을 지키지 않은 파트너에 대해 다시 생각하게 될 것이다.

직장을 다니는 기혼자인데 남편과 약속을 했다. 특별한 일이 아닌 이상 퇴근 후 10시 전에는 집에 도착하기로 했고 1년 안에 아이를 갖기로 한 것이다. 하지만 아이가 없는데다 젊다보니 직장 동료, 학교 동창 등 많은 이들과 만나는 횟수가 늘어 10시 이후에 집에 들어가는 일이 잦아졌고 그로 인해 말다툼을 하는 일이 잦다보니 아이까지 쉽게 갖지 못했다. 이런 경우 남편의 입장에서는 배우자가 귀가 시간 약속을 못 지킨 것 하나만을 문제 삼지 않고 그로 인해 2세를 갖지 못한 것에 대한 불만도 늘어날 것이다. 또한 퇴근 후 만나는 사람들이 대체 누구인지 의심을 가질 수도 있다.

여자의 입장에서는 "날 사랑한다면 자기가 이 정도쯤은 이해해 줘야 되는 거 아냐?”라며 애인이나 남편을 속 좁거나 이해심 없는 사람이라며 목소리를 높일 수도 있다. 하지만 남편이기 때문에 자신이 조금 실수를 하거나 약속을 지키지 못했다 하더라도 넓은 마음으로 이해해 주길 바란다면 그건 순전히 자신의 입장만 중요시 여기고 상대의 입장은 고려하지 않은 발언일 수밖에 없다. 오히려 그들은 그냥 남자가 아니고 자신을 사랑하는 애인 또는 배우자이기에 지켜지지 않은 약속으로 인한 배신감이나 불신이 클 수밖에 없다.

가까운 사람일수록 잦은 약속 불이행이 상처가 되고 그 상처는 커다란 불신으로 변하게 된다.

물론 비즈니스 인간 관계에서도 마찬가지다. 서로 잘 되기 위해 깨끗하고 정확한 거래 관계를 약속했는데 상대가 이를 지키지 않는다면 신뢰가 깨지고 거래는 중단될 수밖에 없다.

타인과의 약속이든 자신과의 약속이든 일단 약속을 하게 되면 반드시 지켜야 한다는 생각과 이를 실천하는 노력이 병행되어야 할 것이다.

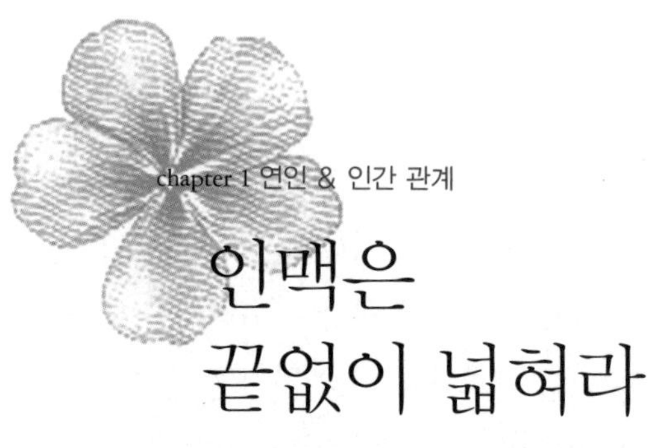

인맥은
끝없이 넓혀라

스무 살이 넘어 사회에 첫 발을 내딛는 순간 우리는 학교와 가정이라는 세계를 떠나 각양 각색의 사람들로 이루어진 새로운 세계를 맞닥뜨리게 될 것이다.

'사람이 재산이다' 라는 말이 있다. 우리가 살아가는 세상은 혼자서는 살 수 없는 세상이다. 많은 사람들 속에서 어우러져 살아가야 한다. 하지만 스쳐지나가는 사람들은 많지만 어떤 상황에서든지 자신의 편이 되어줄 사람을 많이 만들기란 쉽지 않다. 사람은 재물과 달리 사고를 하는 존재이기에 돈이나 물질로는 살 수 없는데다 관계가 없이는 쉽게 다가서지도 않으며 친해질 수도 없다. 때문에 우리는 주변에 사람이 많이 꼬이는 사람을 두고 '발이 넓은 사람' 이라며 부러워하기도 한다.

인간 관계에 있어서 성공했는지 그렇지 않은지를 알 수 있는 가장 쉬운 방법은 그 사람의 경조사에 가보면 알 수 있다고 한다. 집안의 경조사에 많은 사람들이 찾아주는 사람은 그만큼 좋은 관계를 유지하는 사람들이 많다는 것을 의미한다.

인간 관계의 폭이 넓어 주변에 아는 이들이 많은 사람들은 주로 정치인이나 연예인, 경영자, 유명인사들을 꼽을 수 있다. 혹자는 이들의 경조사에 사람들이 북적이는 것을 보면서 "유명하니까 사람이 많은 거지 뭐. 인간성이 좋아서겠어?"라며 질투 섞인 말을 할 수도 있지만 사람이 많다는 것은 어찌 됐든 인간 관계로나 자신의 분야에서 성공했다는 것을 말한다. 또 그 많은 사람들과의 인간 관계를 맺고 유지해온 것에 대한 인정을 해주어야 한다.

알아주고 이해해 주고 따라주는 사람이 많다는 것은 단지 경조사나 행사장의 방문객들이 많다는 의미를 벗어나 '주변에 사람이 많으니 성공할 수밖에 없다'는 또 하나의 결론을 내릴 수가 있다. 취직을 하던 사업을 하던 정치를 하던 그 어떤 분야에서 몸담고 활동을 하던지 간에 사람이 많으면 그만큼 하는 일은 한결 쉽게 풀릴 수밖에 없다. 세상의 모든 것을 움직이고 변화시키는 것은 사람이기 때문에 정치인이라면 주변의 모든 사람들이 그에 대한 '움직이는 홍보' 역할을 해줄 것이고, 경영자라면 '이왕이면 다홍치마'라는 말처럼 그가 운영하는 회사의 제품을 팔아줄 것이다.

사람들 중에는 인맥이 넓은 사람을 두고 '저 사람은 정치적인 사람'이라고 말하기도 한다. 그 말 속에는 적당히 '기회주의적인 사람'이라는 냄새가 풍겨지는 게 사실이다. 하지만 반드시 그렇게만 바라보아서도 안 된다. 사람이 없이는 어떤 일도 혼자서 해내기 어려우며 주변에 사람이 많은 만

큼 많은 이들에게 신뢰를 보여주고 베풀었을 것이다. 사람이 사람을 가까이하고 좋아하는 데는 시간과 마음의 투자 없이는 불가능하기 때문이다.

그렇다면 여성은 인맥과는 거리가 먼 존재인가?

적어도 지금까지 우리 나라 여성들의 삶을 비추어보면 인맥 만들기에 성공했다는 소리를 들을 수 있는 사람들은 그리 많지 않다. 이는 결혼과 동시에 인간 관계가 남편에게 편중되기 쉬운 우리 가정 문화와 전문가로서 사회활동을 하는 여성이 적었기 때문이다. 하지만 이 같은 이유들로 언제까지 여자는 동창이나 회사 동료, 아이들 '학교 자모회' 엄마들 정도가 자신이 알고 지내는 인간 관계의 전부로 남아야 하는가?

굳이 정치나 유명인사가 아니더라도 더 즐겁고 행복하고 활동적으로 살아가려면 주변에 사람이 많아야 한다. 물론 자신이 하는 일에서 노력하지 않고 능력이 없으면서 오로지 인맥 만들기에만 열중한다면 그 또한 아름답지 못한 일이지만 열심히 일하면서 한 사람이라도 더 알아서 자신의 인간 관계 리스트에 올리는 것은 매우 중요한 일이다. 시쳇말로 아는 사람 많아서 손해 볼 일은 없을 테니까 말이다.

문제는 인맥은 그냥 만들어지지 않는다는 것이다. 가만히 앉아 있는데 그 누가 "나 당신하고 친해지고 싶습니다."라고 말하겠는가? 먼저 일과 사회 활동에 적극적이어야 한다. 매사에 적극적으로 활동하다 보면 많은 사람들을 만나게 되고 그중에서 자신의 마음이 움직여지는 이들에게는 보다 더 적극적으로 관심을 보이고 가까워지는 것이다.

이렇게 해보자

* 매일매일 명함을 정리해라
  : 활동하면서 받게 된 명함을 일과 후 다시 한 번 확인해라. 그리고 명함 뒷부분에는 어떤 일로 어디서 만났는지를 날짜와 함께 간단히 메모해 두어라.

* 이름을 정확히 외워라
  : 한 번 만난 적이 있는 사람을 다시 만났을 때 상대는 자신의 이름을 기억해주면 즐거워하고 마음의 문을 열고자 한다.

* 관심을 보여라
  : 관심의 첫 단계는 대화다. 상대가 관심을 가질 만한 부분에 대해 말하되 단, 부담스러워할 수 있는 질문은 피해라.

* 칭찬해라
  : 상대의 장점을 높이 평가하고 칭찬해라. 칭찬 받는 것을 싫어하는 사람은 한 명도 없다.

* 첫 만남 이후 일주일 이내에 연락해라
  : 업무상 만남이든 편안한 만남이든 처음 만난 사람과 관계를 유지하기 위해서는 먼저 전화를 걸어 인사를 하거나 다음 약속을 정해라. 시간이 너무 길어지면 상대의 기억 속에서 멀어질 수도 있으니 전화는 일주일 이내에 해라.

사람은
다양하게 만나라

"어머 그 사람 건설회사 다니니? 그런데 어떻게 친구처럼 지내자는 말을 한다니. 자기하고 나는 전혀 다른 분야인데. 허구한 날 현장에서 일해서 그런지 얼굴은 새까맣고 지적인 구석은 요만큼도 없더라 애. 웃겨 정말. 아마 다시 볼 일 없을 거야."

"나이도 이제 스물넷 밖에 안 된 애가 인테리어 디자이너랍시고 명함 내밀면서 인사하는데 정말 우습더라. 미국에서 공부했다는데 그다지 능력 있는 것처럼 보이지도 않고. 얼마 전에 우리 동호회에 가입했는데 나만 보면 그렇게 아는 척을 하려고 하는 거 있지. 난 관심없거들랑. 차라리 결혼한 언니들이나 대기업 다니는 아저씨들이 대하기는 훨씬 편하더라."

사람은 겉모습이나 오늘의 모습이 그의 전부라고 보고 판단해서는 절대 안 된다. 한두 번 보아서 상대의 모든 것을 평가한다면 그것은 엄청난 실수를 저지르는 것과 같은 것이며 자신에게만 통용되는 기준의 잣대를 함부로 휘두르는 일과 같은 것이다.

사람에게는 인연이라는 것이 있다고 한다. 우리가 살면서 단 한 번 얼굴만 보는 사람도 인연이 있기에 가능하다고 한다. 함께 대화도 나누고 차라도 한잔 했다면 그것은 매우 소중한 인연이 아닐 수 없다. 상대가 어떤 불순한 목적을 지니고 접근해 오는 것이 아닌 이상 우리는 살아가면서 만나게 되는 많은 사람들과의 만남 인연을 소중히 여겨야 한다.

사람은 물질적, 정신적, 육체적 도움을 주고 받는 상대가 아닐지라도 서로를 존중해 주며 인간 관계를 맺다 보면 반드시 서로에게 어떤 쪽으로든 꼭 필요한 소중한 존재가 되기 마련이다.

그 시커먼 얼굴의 주인공이 10년 후 내 자식과 같은 반 아이의 학부모일 수도 있으며, 나이어린 인테리어 디자이너에게 사무실 인테리어를 부탁하게 될지도 모른다.

남자들에 비해 여성들의 인간 관계는 한계가 있다고 보는 이들이 적지 않다. 여성의 경우 결혼, 출산 등으로 인해 인간 관계가 꾸준히 유지되기 어려운 점이 있다고 보는 것이다. 또 여성이라는 특수성을 내세워 이성과의 인간 관계는 한계가 있을 것이라고 생각한다. 하지만 반드시 이런 논리가 통하진 않는다.

좋은 사람을 내 사람으로 만들고 주변에 많은 사람들이 머물게 하는 것은 자신이 어떻게 하느냐에 달려 있다. 사내에서는 밝고 적극적인 모습을 보이고 함께 참여할 수 있는 일에 빠지지 말고 참여해라. 직장을 떠나 동호

회나 동문회 등에도 적극적으로 동참해라. 단, 참여할 때 초기부터 너무 앞에 나서는 것은 자제하는 것이 좋으며 설령 마음에 들지 않는 사람이 하나 둘 있다 할지라도 그들을 적으로 만들지 말아야 한다.

특히 여성들이 대인관계를 위해 신경을 써야 하는 시기는 바로 결혼과 출산이다. 결혼했다고 해서 모임에 불참하거나 눈에 띄게 활동을 게을리하지 말아야 한다. 결혼 전과 동일하게 참여하기 위해서는 무엇보다 먼저 배우자에게 모임의 성격이나 관계를 정확히 밝혀주고 시간적 양해나 협조를 구하는 게 현명하다. 또 임신과 출산으로 인해 활동을 못하거나 만남이 줄어들 때는 사전에 상대에게 자신의 입장을 알려준 후 출산 후 3개월 후 또는 6개월 후면 예전의 자기 모습으로 돌아갈 수 있다는 뜻을 비춰라.

결혼과 출산이 여성들에게 적지 않은 무게가 되므로 사람들은 대체적으로 기혼여성의 입장을 이해하는 편이다. 다만 아예 연락을 끊거나 무관심한 자세를 보이면 모임 회원들은 물론이고 개인적으로 알고 지내던 사람들 또한 멀어져가고 잊혀져간다.

세 치 혀 끝,
손가락 끝을
조심해라

정치인들의 공방은 '대체 누구의 말이 맞는 걸까' 라는 의문을 갖게 하며 연예인들에 대한 소문을 듣게 되면 '그게 정말 사실일까?' 하며 고개를 갸웃거리게 된다. 사람들이 어우러져 사는 세상에는 수많은 사람들만큼이나 셀 수 없이 많은 헛소문이나 진실 아닌 거짓된 정보들이 떠돌아다닌다. 이런 경우 문제의 시발점은 제일 처음 누구에겐가 말을 전한 사람이다. 어떤 정보가 사실이든 아니든 자신과 관련된 일이 아니라면 입 다물고 있어야 한다. 반드시 인터넷과 같은 통신매체에 글을 올렸거나 누구에겐가 말을 전했기 때문에 또 다른 사람에게 전달되었고 그것은 지속적으로 꼬리를 물고 이어지면서 퍼져나가는 것이다.

특히 젊은층에게 SNS 등 인터넷상의 대화의 강도는 상상을 초월할 정도로 언어의 경계를 넘나들고 있다.

소문이란 아주 무섭다. '발 없는 말이 천리 간다'는 말처럼 퍼져나가는 속도가 그야말로 상상을 초월한다. 게다가 말은 전달되는 과정에서 조금씩 변질되어 끝에 가서는 전혀 다른 말이 되기도 한다.

어느 날 회사에서 경리과 임대리가 "최대리가 사장님하고 저녁 식사 하고 있더라."는 말을 아무 생각 없이 홍보실 유대리에게 했는데 이튿날 영업부에는 "사장님하고 최대리하고 둘이 술 마셨다잖아."로 바뀌고, 이틀이 지나면 생산부서 직원들 사이에는 "사장님하고 최대리하고 둘이 술 마시고 호텔로 들어가더래."로, 또 기획실에는 "최대리가 사장님 세컨드래."라는 소문이 떠돌게 된다.

중간에서 전달한 사람들이야 아무 생각 없이 쏟아놓지만 당사자들에게는 생(生)과 사(死)가 걸린 문제일 수도 있다. 뉴스에는 종종 헛소문 때문에 죽음을 택하는 이들과 관련된 사고 소식이 나오지 않는가. 실제 우리 주변에서도 죽음까지는 아니더라도 소문 때문에 심각한 상황까지 가는 경우가 적지 않다. 그들은 죽음을 통해 소문은 사실이 아니라는 것을, 그리고 자신의 진실을 밝히고자 한 것이다. 하지만 이미 죽은 후에 그 진실이 밝혀진들 죽음으로 몰고 간 한 사람의 목숨을 어찌 대신하겠는가.

그래서일까. 우리 조상들은 "세 치 혀 끝을 조심해라", "남의 말 하지도 전하지도 말라"고 했다. 입조심, 말조심은 우리가 살아가는데 반드시 지켜야 할 매우 중요한 것임을 강조한 것이다. 그럼에도 불구하고 사람들의 세 치 혀는 종종 실수를 범하게 된다. 과거의 경우 사람을 만나거나 전화를 통하지 않으면 말을 쉽게 전달할 수 없었으나 최근 들어서는 인터넷 사용의 대중화에 따라 인터넷은 굳이 특정 상대에게 말을 전하지 않더라도 '헛소문' 또는 남의 말을 불특정 다수에게 유포하게 하는 필요악이 되기도 한다. 더욱이 인터넷은 그 특성상 단 몇 초 사이에도 동시에 수십만 명의 사람들에게 전달하는 기능을 갖고 있어 말실수를 했다가는 엄청난 대가를 치러야 하는 세상이 되어 버렸다.

온라인은 오프라인 못지 않게 우리에게는 매우 중요한 의사소통의 창구이다. 다만 우리에게 주어진 문명의 혜택을 어떻게 잘 활용하느냐가 관건일 뿐이다.

사내 게시판, 인터넷 카페 게시판, 각종 뉴스의 의견 달기, 자신 홈페이지 등 우리가 주로 참여할 수 있는 인터넷의 의사소통 창구를 활용할 때는 한 번 더 생각하고 의견을 제시하거나 글을 올리는 심사숙고의 자세가 그 어느 때보다도 절실한 때이다.

부모로부터
완전하게 독립해라

"엄마, 아빠 들어왔어? 어떡하지 나 아직 친구들이랑 시내에 있거든. 아빠한테는 회사에 일이 바빠서 아직 퇴근 안했다고 해. 지금 곧 출발할게."

스무 살이 넘으면 성인이고, 직장에 다니고 있다면 경제적 독립까지 가능한 나이다. 친구들하고 호프 한 잔 마시는 게 뭐 그리 잘못된 일, 위험한 일이라고 아버지한테 거짓말을 하려고 하는가?

우리 나라 미혼여성 중 많은 이들이 학교를 졸업하고 직장생활을 하면서도 부모의 지극한 보호 아래서 맴돌며 생활하는 게 현실이다. 20년 넘게 먹이고 가르쳐서 사회가 필요로 하는 성인으로 만들어놓았다면 부모로서는 더 이상 자식을 '품안의 자식'으로만 여길 필요가 없다. 자식 또한 20년 넘게 부모의 보호와 지원 하에 살아왔다면 이제는 독립하여 스스로를 책임질 줄 아는 사람이어야 한다. 부모가 자식을 놓아주지 않는 건지? 아니면 자식이 부모 곁을 떠나지 못하는 건지?

둘 중 어느 쪽이 문제라고 꼬집어 말할 수는 없지만 어찌 됐든 우리 나라 미혼여성들의 생활 독립은 보편화되지 못하고 있다. 1~2년 안에 결혼을 해야 하기에 부모와 더 정겨운 시간을 갖기 위해서 또는 건강, 경제 등의 문제로 독립할 여건이 전혀 안 되는 상황이라면 어쩔 수 없는 일이다. 하지만 월급 100만 원 이상이 되는 사회인이라면 월 30만 원의 월세를 내더라도 충분히 독립된 생활을 할 수가 있다. 이렇게 보면 사회활동을 하는 미혼여성의 80~90%는 얼마든지 독립이 가능하다는 얘기다. 문제는 부모들이 딸의 독립을 반대하거나 여성 자신이 독립을 원하지만 새로운 생활에 대한 자신이 없는 것이다. 또 한 가지 아예 독립의 필요성을 느끼지 못하는 경우일 수도 있다.

미혼여성의 생활 독립이 반드시 그녀를 성공시켜준다거나 멋있는 생활이라고 단정지을 수는 없다. 다만 우리 나라 가정의 특성상 부모의 과잉보호로 인해 자식들의 자립심이 약해져 있는 게 사실이고, 이 때문에 심지어는 결혼을 해서도 부모의 물질적인 도움이나 정신적인 지도에 의존하는 이들이 적지 않다. 또 자신의 의지와는 무관하게 부모의 간섭이나 권유로 인해 원치 않은 직업을 택한다거나 자신이 하고자 하는 일과 생활을 자유롭게 선택하고 누릴 수 없는 이들도 부지기수다.

이 같은 현시대 우리 가정의 특성이 여성들을 한정된 테두리 안에 머물게 하는 무형의 속박이자 여성이 아닌 한 사람으로서 당당하게 살아가는 길을 막는 장애물이 되고 있다.

언제까지 '엄마', '아빠'라는 어른들 손에서 길러지고 관리되는 아이로 살아갈 것인가? 적어도 홀로서기와 성공을 지향하는 여성이라면 이제는 스스로를 위한 독립투사가 되어야 한다. 자신의 인생, 자신의 생활은 스스로 계획하고 디자인할 수 있어야 하며 뒤따르는 것에 대한 모든 책임도 자신이 질 수 있어야 한다.

미혼여성의 독립과 성공신화를 동시에 생각하다 보면 떠오르는 얼굴이 있다. 미국 1백대 우량기업에 선정된 라이트하우스를 비롯해 6개의 회사를 거느린 실리콘밸리의 성공신화를 만들어낸 한국여성 CEO 김태연 회장이다. 남아선호 사상이 강한 집안에서 구박덩이로 태어난 그녀가 6개의 기업을 거느린 그룹 총수에다, 태권도 8단의 '그랜드마스터'로 추앙받고 있는 데는 그녀만의 독립이 있었다. 가정적 문제가 발단이 되긴 했지만 키 150센티미터의 작은 그녀는 22세에 미국으로 건너가 맨몸으로 세계적인 기업을 일구어냈다. 그때 가족들로부터 벗어나지 않았다면 오늘의 성공은 없었을 일이다.

그녀가 매스컴과 나눈 인터뷰에서 남긴 인상적인 말을 되새겨볼 필요가 있다.

"He can do, She can do, Why not me?"

요즘에는 부모로부터 독립하여 공부하거나 일하는 여자들이 늘어나고 있다. 집이 지방이라서가 아니라 스스로 독립을 하고 싶어 혼자 생활하는 사람들이다. 그녀들의 마음은 늘 "I can do."를 외치고 있을 것이다.

chapter 2

경제 & 자기 관리

오늘 내가 먹고 싶은 식사를 하고 계절에 맞는 새 옷을 사고
가까운 누군가의 생일에 선물을 하고 여행을 위해 저축을 하는 생활은 현실이다.
현실 세계에서 돈이란 중요한 역할을 한다.
생계 유지는 물론이고 내가 원하는 것 즐기고 싶은 것을 가능케 해준다.
하지만 돈이 인생의 전부는 아니며 행복의 필요충분 조건은 아니다.
없으면 불편하기에 필요한 만큼의 적당한 돈은 있어야 한다.
그것은 그냥 얻어지는 것이 아니고 나 스스로가 일하고 땀흘려 만들어야 한다.
돈 못지 않게 살아가면서 중요한 것은 나 스스로에 대한 자기 관리다.
내가 나를 위해 필요한 것을 배우고 익히는 것은 반드시 필요한 일이다.
누구든 나에게 이것을 강요하는 사람은 없다.
다만 내가 더 나은 삶을 살아가고자 나를 가꾸고 만들어가는 것이다.

목돈을
마련해라

요즘 결혼을 앞둔 남성들 사이에 유행하는 말이 있다고 한다.

"네 애인은 카드빚 없나?"

나이 60 넘은 기성세대들이 들으면 놀라 기절할 일이지만 요즘 젊은 세대들 사이에서는 신용카드 빚 졌다는 말이 그다지 큰 뉴스거리가 아닐 정도로 신용카드 사용 후 신용불량자로 전락하고 빚에 허덕이는 이들이 한둘이 아니라고 한다. 여성이라고 예외는 아니다. 학자금 융자 등으로 학창 시절부터 빚을 지는 경우도 있고 명품 사서 걸치고 해외여행 다니고 하다 보니 어느새 늘어난 것은 카드빚이고 월급으로는 도저히 감당이 안 되어서 신용불량자가 되는 일은 셀 수 없이 많다. 때문에 결혼 후 아내의 신용카드 빚을 갚아주느라 힘들어하는 새신랑들이 있다는 얘기다.

돈을 모아도 시원찮은 상황에 어떤 이유로든 신용불량자가 되었다면 이를 해결하기 위한 특단의 조치가 있어야 한다. 특히 경제가 어려운 요즘 획기적인 자기 혁신이 없이는 빚의 구렁텅이에서 헤어나기 힘들다.

그런가하면 신용불량자는 아닐지라도 직장 생활을 한 지 3년이 넘었는데 모아둔 돈이 천만 원이 안 된다면 경제생활에서는 감히 잘 했다는 말을 하지 못할 것이다. 가족이나 공부 등 어떤 사정으로 인해 모은 돈을 썼다면 돈 없다고 비난받을 일은 아니지만 특별한 이유 없이 이 정도의 돈도 마련하지 못했다면 자신 스스로를 되돌아볼 필요가 있다.

부모님과 함께 생활하기에 특별히 생활비도 들어가지 않는다. 그러니 월급 타서 사고 싶은 것 사고 놀고 싶은 대로 놀고 그렇게 적당히 직장 생활 하다가 경제적으로 여유 있는 남자 만나서 부모님이 해주는 혼수로 시집가면 된다는 식의 생각을 갖고 있는 사람이라면 자기 생활 및 경제 확인이란 굳이 필요 없을 것이다.

하지만 목표를 정하고 열심히 살아가겠다는 생각을 하고 있다면 지금 당장 자기 점검부터 시작해야 한다.

아주 큰 돈은 아닐지라도 학교를 졸업하고 사회 활동을 하는 사람이라면 누구나 목돈을 마련해야 할 필요가 있다. 특히 독립, 진학, 창업 준비, 결혼, 재테크 등은 목돈이 들어간다. 이 중 한 가지만을 한다 하더라도 돈 천만 원은 족히 들어간다. 부모님의 힘을 빌리지 않고 이 모든 것을 단계적으로 할 생각이라면 월급의 상당부분을 저축하지 않으면 안 된다. 그러니 직장 생활 3년 이상 했는데도 돈 천만 원 이상 모아놓지 않았다면 스스로를 돌아보고, 계획을 세우고, 대책 마련을 시작해야 할 것이다.

이렇게 해보자

✻ 월급의 최하 30%는 단기 적금을 부어라
 : 30만 원씩 3년을 부어야 천만 원 이상이 된다.

✻ 쇼핑 횟수를 줄여라
 : 눈으로 보고 구입 욕망을 억제하기란 쉽지 않기 때문이다.

✻ 명품은 멀리 해라
 : 명품 한두 가지만 구입해도 한달 월급이 날아간다.

✻ 신용카드는 한 개만 갖고 있되 일시불 구입 시 주로 사용해라
 : 현금서비스나 대출은 받지 말아라.

✻ 헤어스타일로 기분 전환을 일삼지 말아라
 : 미용에 드는 비용만 아껴도 지출은 크게 줄어든다.

돈 있다는 소문은 내지 마라

직장 생활 5년차인 은미씨. 그동안 시집간 언니에게 너무 무심했다 싶어 토요일 오후 언니를 시내로 불러냈다. 이른 나이에 가난한 집 맏며느리로 시집을 가서 고생하는 언니가 안쓰러워 그녀는 백화점 가서 블라우스 하나 사 주고 맛있는 스테이크 집으로 데려가 근사하게 저녁을 샀다. 그러자 그녀의 언니가 말했다.

"야, 시집갈 때 엄마 아빠 주머니 털 생각 말고 있을 때 한 푼이라도 모아서 시집갈 땐 니 돈으로 가. 여자도 따로 차고 있는 통장 하나는 있어야지 시집가서도 덜 힘들어. 그나저나 돈이나 모았니? 너 매일 백화점 가서 옷 사 입으면 뭐 남는 거 있니?"

"언니 걱정 붙들어매. 난 이래봬도 내 옷 사 입을 땐 늘 세일 기간 이용하고 그래. 나 며칠 전에 적금도 탔다. 직장 생활 5년 만에 3천만 원짜리 적금 탔으면 잘 한 거 아냐? 엄마가 얘기 안 해?"

"어머 우리 막내 생각보다 알뜰하네. 나보다 낫다 얘."

자매는 사심 없이 말을 했지만 은미씨가 적금 탔다는 말을 한 것은 분명한 실수였다. 며칠이 지났을까. 형부가 찾아와서 은미씨에게 사정을 했다. 적금 탄 돈을 빌려주면 매달 은행 이자보다 훨씬 높은 1부로 계산해서 월 30만 원씩 통장에 넣어줄 테니 언니에게는 비밀로 해달라는 게 아닌가?

언니는 아무 생각 없이 남편에게 자기 여동생이 알뜰하게 직장 생활해 적금도 탔다는 말을 했는데 남편은 순간 다른 생각을 한 것이다. 현재 하는 유통업이 시원찮아 친구와 체인사업을 벌이려고 준비를 했는데 자금이 턱없이 부족했던 차였다. 아내에게 말하면 반대할 것이니 차라리 아내 모르게 처제에게 부탁하는 게 좋겠다 싶어 직접 찾아간 것이다.

5년 동안 모은 큰 돈을 선뜻 빌려주자니 겁도 나고 불안하기도 했지만 은행에 묻어두어야 이자라고는 돈 10만 원도 안 되니 그에 비하면 형부에게 빌려주는 것은 크게 남는 일이었다. 게다가 돈은 없지만 늘 성실하게 일해 온 형부에게 신뢰가 갔다. 1년이면 이자만 360만 원이 생기는데다 체인사업이 잘 되면 목 좋은 점포도 하나 잡아준다니 이건 괜찮은 장사이다 싶었다. 이튿날 돈을 송금시켰고 그 후로 3개월간은 꼬박꼬박 이자가 통장에 입금됐다. 그러니 은미씨는 속으로 '참 짭짤한 장사다' 라는 생각마저 들었다. 게다가 형부가 추진하는 체인사업 1호점이 문을 열었으니 모든 일이 형부가 얘기했던 대로 되는가 싶었다. 그러나 웬걸. 그 후로 10여 일 지나자 언니가 엄마를 찾아와 그나마 있는 집까지 날리게 생겼다고 하소연하며 울다갔다는 소식을 듣고 그녀는 눈앞이 캄캄해졌다. 그녀의 형부는 동업자에게 속아서 담보로 잡힌 집까지 차압이 들어왔으니 그녀가 빌려준 3천만 원은 받을 길이 없게 된 게 아닌가? 땅을 치고 울어보고 후회한들 아무 소용이 없었다. 그렇다고 언니의 남편인 형부와 법정에 설 수도 없는 일 아닌가. 형부 역시 다른 이에게 당한 입장이니.

돈은 이처럼 무서운 것이다. 친구든 형제든 직장 동료든 그 누구에게도 돈 있다는 소문을 낼 필요는 없다. 그 이유는 두 가지다. 분명 누군가는 돈을 빌려 달라고 찾아오게 되며 여간 독한 맘을 먹지 않고서는 빌려 주지 않을 수가 없을 것이다. 또 다른 한 가지는 자신의 의도나 의지와는 전혀 다르게 주변 사람들로부터 구두쇠라는 소리를 듣게 된다는 것이다.

나이 든 어른들이 하는 말 중 하나가 "돈은 내 손에 있을 때 내 돈이지 남의 손에 있는 건 내 돈이 아니다." 또는 "돈이 거짓말하지 사람이 거짓말하나."라는 말이다.

돈은 누구에게든지 가능한 한 빌려주지 말라는 얘기다. 돈을 빌려주면 그건 내 주머니로 돌아오지 않는 한 남의 돈이며 설령 상대가 빌린 돈을 갚지 못한다 할지라도 사람만 "사기꾼"이니 "네가 어떻게 그럴 수가 있냐?"며 아무리 다그친다고 해도 해결될 일이 아니라는 것이다.

만일 여유가 있어 가까운 누구에겐가 돈을 빌려주고 이자를 받아 챙기겠다는 생각은 아예 하지 않는 것이 좋다. 차라리 여유가 되면 되돌려 받지 않아도 힘들거나 마음 아프지 않을 만큼의 금액만 빌려주고 아예 돌려받을 생각을 하지 말아야 한다. 원금에 이자까지 챙기겠단 생각은 그야말로 야무진 꿈이 되기 일쑤다.

"돈은 어떻게 얼마를 버느냐"가 중요하지 않다. 어디에 쓰고 어떻게 관리 하느냐에 돈을 알뜰하게 모으는 최상의 테크닉이 있다.

이렇게 해보자

✱ 자신의 자산에 대해 함부로 말하지 마라
  : 발 없는 말이 천리 간다는 말이 있다. 소문이 퍼지는 것은 순식간이다.

✱ 목돈이 마련되면 일단 은행 통장에 묻어두어라
  : 100% 안전한 재테크가 아니라면 이자가 적게 발생하더라도 은행 통장에
   넣어 두어라.

✱ 누구에게도 빌려주지 마라
  : 돈은 가족이든 친구든 그 누구에게도 빌려주지 마라. 돈 잃고 사람 잃는다.
   누군가를 도와주고 싶다면 여유가 있어 돌려받지 않아도 될 만큼만 마음을
   비우고 줘라.

부자는 작은 것부터 아끼고 덜 쓰며 산다

로마가 하루아침에 만들어지지 않았듯이 부자도 하루아침에 이루어지지 않는다. 오늘날 미국의 백만장자들 또한 마찬가지다. 그들은 대체적으로 장기적인 계획과 적극적인 재투자, 자신들만의 투자 전략을 고수한 사람들로 또 하나의 공통점이 있다면 허황된 욕심을 갖지 않았다고 한다.

한국에서 평범한 사람이 자수성가해서 부자가 되었을 경우 이들의 공통점은 무엇일까?

한 매스컴에 소개된 자료에 따르면 한국의 부자들은 아낄 땐 지독하게 아끼고, 투자의 기회가 올 때는 과감하게 쓴다고 한다. 돈을 굴릴 수 있는 종잣돈을 마련할 때까지는 무조건 쓰지 않는 구두쇠들이었다는 것이다.

미국과 한국의 부자들을 묶어서 볼 때 부자가 되는 지름길은 허황된 욕심을 갖지 않고 장기적으로 꾸준히 아끼는 생활과 기회를 활용한 적극적인 재투자가 아닌가 싶다.

설령 우리는 백만장자 천만장자는 아닐지라도 평범한 서민층에서라도 소위 돈 걱정 하지 않는 '부자'라는 소리를 들으려면 가장 먼저 해야 할 것이 덜 쓰고 저축하는 습관이다.

한달에 300만 원의 월급을 받는 두 친구가 있다. 한 사람은 매달 월급의 60%를 저축하고 다른 사람은 20%만 저축했다. 1년이 지난 후 두 사람의 저축은 각각 2,160만 원과 720만 원으로 무려 1,440만 원의 차이가 난다. 10년 후면 1억4천4백만 원의 차이가 나며 여기에 이자와 임금 상승분을 감안하면 2억 원 이상의 차이가 날 것이다. 또 기회를 잘 포착하여 투자를 잘 했을 경우 두 사람의 재산 차이는 4억 원 이상으로 벌어질 수도 있다.

아주 평범한 직장인들을 놓고 비교해 보아도 덜 쓰고 저축하는 사람과 쓰고 싶은 만큼 쓰면서 남는 것으로 저축하는 사람은 엄청난 차이가 난다.

8천 원짜리 점심을 먹고 군것질을 즐기며 차량 기름값이 1만 5천 원 드는 사람과 5천 원짜리 점심을 먹으면서 군것질 하지 않으며 대중교통을 이용하는 사람 역시 1년 후 저축을 비교하면 몇 백만 원의 차이가 나게 된다.

소비나 저축 모두 습관이 중요하다. 한번 길들여지면 한순간에 바꾸기 어렵기 때문이다. 8천 원짜리 점심을 먹으나 5천 원짜리 점심을 먹으나 한 끼 식사로 인해 두 사람이 각자 느끼는 포만감이나 행복의 차이는 거의 없다고 보아야 한다. 그럼에도 불구하고 8천 원짜리 점심을 먹던 사람이 어느 날부터인가 5천 원짜리 점심을 먹기로 생활 패턴을 바꾸는 것은 의외로 어렵다. 또 10여 년 간 군것질과 원두 커피를 즐기던 사람이 이 두 가지를 동시에 그만두기란 밥을 굶는 것 못지 않게 어려운 일이다.

저축하고 아끼는 것은 흉이 아니다. 대신 반드시 돈을 써야 할 곳에는 써야 한다. 부자들 역시 반드시 써야 할 곳에는 쓰되 굳이 쓰지 않아도 되는 지출은 하지 않는다는 것이다.

백화점에 가서 150만 원짜리 정장을 사 입는 대신 할인 매장에 가서 15만 원짜리 정장을 사 입었다고 해서 하루아침에 지위나 신분에 변화가 오는 것은 아니다. 또 수입화장품을 사용한다고 해서 더 근사하고 멋진 남자를 만나는 것도 아니다. 줄일 수 있는 부분이 있다면 줄여야 한다. 보통의 월급쟁이가 사고 싶은 것 다 구입하고 먹고 싶은 음식 다 먹어가면서 돈 모으기란 불가능하다.

10년 후, 20년 후 남보다 조금이라도 여유 있는 삶을 살려고 한다면 이제부터는 조금씩 줄여라. 그리고 저축해라.

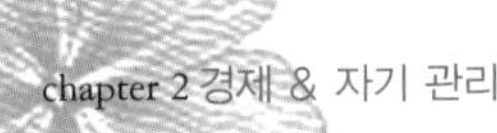

보험 한두 개는
반드시 가입해라

"말처럼 되는 건 아녀. 세상 누구도 자기 앞날에 대해 장담할 수는 없는 거란다. 중이 제 머리 못 깎는다고. 점쟁이도 저 죽을 날은 모르는 것이거든. 그래서 하루하루 최선을 다해 후회 없이 살라고 말하는 거여."

한 번쯤은 이런 말을 주위에서 들었을 것이다. 혈기왕성하고 자신만만한 젊은 시절에는 모든 게 내 뜻대로 다 이루어질 것만 같고 내가 생각한 대로 도전하면 성공은 '따 놓은 당상(?)'인 것만 같다. 어디 그뿐인가. 누군가 몹쓸 병에 걸리고 불의의 사고를 당했다는 소식을 들으면 안 됐다는 뜻을 표하면서도 '설마 나한테 그런 일이 일어나겠는가'라는 생각을 하게 된다. 젊고 건강하고 내일의 꿈이 있기에 모든 것은 그야말로 탄탄대로처럼 막힘없이 진행될 것만 같다.

하지만 크고 작은 충격적인 일을 겪게 되면 누구나 삶에 대해 보다 진지해진다. 이를 테면 가족이나 가까운 친구의 불운을 보게 되면 '아, 남의 일이 아니구나' 라는 생각이 자신을 지배하게 된다.

세상살이가 늘 힘들고 언제 어떻게 될지 모르는 일이기에 꿈도 꾸지 말고 피터지게 노력하며 살 필요도 없다는 그런 애기는 결코 아니다. 자기에게 주어진 일에 최선을 다하며 살아가되 너무 자만하지는 말라는 것이다. 매사에 긍정적인 마인드를 가지고 적극적으로 행동하는 것은 매우 바람직한 모습이며 젊은이다운 아름다운 일이다. 다만 사람에게는 누구에게나 만약의 경우라는 것이 있기 마련이다. 전혀 생각지도 못했던 일들이 우리에게는 어느 한순간에 다가오기도 한다.

아무 생각 없이 받은 건강 검진 결과가 충격적인 사실을 가져다 줄 수도 있고, 다니는 회사가 하루아침에 부도가 나서 한순간에 실업자로 전락할 수도 있고, 경미하지만 운전 중에 접촉사고가 일어나 범퍼가 망가질 수도 있다. 등산을 갔다가 그만 실수로 발을 헛디뎌 다리가 부러지거나 허리에 이상이 생길 수도 있다.

이런 일들이 나에게는, 그리고 내 주변 사람들에게는 없었으면 좋겠지만 최선을 다해 일했고 조심했는데도 문제가 발생하는 것은 그 누구도 어쩔 수 없는 것이다.

천재지변이나 뜻하지 않은 예고 없는 사고 앞에서는 재벌도 대통령도 불가항력인 것이다.

천재지변이나 예기치 못했던 사고 불운은 대비책을 미리 마련하는 것이 우리가 취할 수 있는 최선의 방법이다. 바로 보험이 그것이다.

많은 사람들이 이런 생각을 할 것이다.

"내가 보험을 왜 들어. 보험료 낼 돈 있으면 적금을 붓든지 친구하고 소주 한잔을 더 하겠다."

하지만 30대 중반이 되면 보험에 대한 필요성을 느끼게 된다. 결혼을 하여 자식을 낳고 아이가 커가는 모습을 보면서 늘 한편으로는 "만일 내가…"라는 생각을 하면 보험은 절대적으로 필요하다는 생각이 들 것이다.

기혼자 못지 않게 독신자들에게도 보험은 매우 중요하다. 결혼하지 않은 주변의 후배들에게 필요한 보험 한두 가지는 반드시 가입하라고 당부하는 바이다.

아주 어려운 상황이나 재난에 부딪혔을 때, 늙어서 활동하지 못하게 될 때 그때 가족을 대신하여 돌봐주고 책임져줄 당사자는 바로 보험이기 때문이다.

이렇게 해보자

* 억지로 가입하지 마라
  : 주변 사람의 권유나 상대의 비즈니스를 도와준다는 차원에서 보험을 가입
  하는 일은 피해야 한다. 자신에게 필요한 보험을 스스로 선택하여 가입해야
  한다.

* 필요한 보험에 대한 꼼꼼한 선택이 중요하다
  : 보험 회사마다 보험 종류는 물론이고 동종의 상품일지라도 약관은 제각각
  이다.

* 싸다고 해서 종류를 늘리지 말아라
  : 보험은 월 보험료에 대한 부담 이전에 자신에게 반드시 필요한 보험이 어
  떤 것인지가 중요하다. 반드시 필요한 보험에 가입했다면 더 이상 가입하지
  말아야 한다. 월 몇만 원으로 보험료가 적은데다 주변 사람이 보험설계사라
  고 해서 막연하게 가입하는 이들도 적지 않다.

40년 후까지
구체적인 마스터플랜을
세워라

어느 대학 2~4학년 학생들 기말고사 시험문제 중 하나가 "20년 후 자신의 모습을 그려라"라는 것이었다. 전체 학생의 70%가 여학생으로 42명이었고, 남학생이 20여 명으로 총 62명의 수강생 중 이 문제에 10점 만점을 받은 사람은 단 두 명뿐이었다.

만점을 받은 학생들은 자신들이 희망하는 전문 분야의 직업과 그 직업을 선택하고자 하는 이유와 동기, 그리고 포부를 밝혔다. 그리고 구체적으로 3년 단위 또는 5년 단위로 자신이 어떤 노력을 기울일 것이며 어떤 변화를 겪을 것인가를 미리 디자인했다.

하지만 나머지 학생들 중 30% 정도는 나름대로 어떤 직업을 희망하고 그것을 이루기 위해 노력하겠다는 의지를 보였다. 그리고 65%는 막연히

'나는 무엇이 될 것이다' 라는 생각만 간단히 밝혔고 그중에는 1년 후도 모르겠는데 어떻게 20년 후를 그릴 수 있느냐며 잘 모르겠다는 식의 답을 적어낸 학생들도 있었다.

20대 초반. '나는 무슨 일을 하며 어떻게 성장할 것인가?' 를 계획하기에는 조금 늦은 감이 있지만 이때만이라도 자신의 갈 길은 정해져야 한다. 그리고 자신이 원하는 일을 하고자 준비를 해야 하며 20년 후까지 한 분야에서 최선을 다했을 때 전문가 내지는 성공한 사람이라는 소리를 들을 수 있을 것이다. 하지만 의외로 요즘 젊은이들은 자신의 미래에 대한 계획이나 준비에 철저하지 못하다는 것을 실감할 때가 많다. 또 젊은 미혼 여성들 중 의외로 적지 않은 사람들이 적성에 맞는 일을 찾기보다는 연봉 많이 주는 기업에 취업하길 원하며 일하다가 좋은 사람 만나면 결혼할 것이며 10년 후에도 일을 하고 있을런지는 자신도 잘 모르겠다는 입장을 보인다.

미국의 미래학자 존 나이스비트(John Naisbitt)는 21세기의 특징을 감성(Feeling), 가상(Fiction), 여성(Female) 등 '3F' 으로 명명하고 '21세기는 여성의 시대' 라고 말했다. 영국의 사회학자 앤서니 기든스도 그의 저서 『제3의 길』에서 "21세기 사회 변동의 핵심은 여성"임을 강조했다.

미래학자나 사회학자들의 예견과 전망도 전망이지만 현실적으로 볼 때 이미 세계는 19세기, 20세기를 거쳐 오면서 하드웨어적인 부분은 완전한 틀을 갖추어 놓은 만큼 이제부터는 소프트웨어적인 요소들이 빛을 발할 수밖에 없는 게 사실이다. 따라서 21세기는 여성이 지닌 특유의 장점을 잘 살릴 경우 같은 입장의 남성에 비해 훨씬 유리할 것이다.

과연 이 같은 21세기의 비전을 우리의 젊은 여성들은 알고 있는 것인지? 몇% 정도나 화려한 무대 위를 달릴 준비를 하고 있는 것인지 궁금할 따름이다. 아니 욕심도, 계획도, 비전도 없이 현실에 안주하는 듯한 여성들 또는 과거 그녀들의 어머니세대들이 그랬듯이 '여자니까' 라며 미리 자신의 미래에 한계의 못을 박는 여성들을 볼 때는 안타까운 한숨이 나오곤 한다.

혹자는 우리 나라의 경우 능력 있는 여성들이 대거 사회 진출하고 있는 중이며 앞으로 머지않아 여성이 사회 전반을 주무를 것이라고 말하기도 한다. 그 예로 여성 의사 비율이 1980년 13.6%에서 2011년 23%로 증가한 것과 여성 법조인의 경우 꾸준히 증가하여 2012년 기준으로 행정고시 여성 합격자는 43.8%, 사법시험 여성 합격자는 41.7%를 나타내고 있다.

하지만 전 분야에 걸쳐 여성의 활약상을 체크해 보면 '아직 멀어도 한참 멀었다' 는 말이 나오게 된다. 국내 전체 사업자의 37.5%가 여사장이라고 하지만 숙박 음식업, 도·소매업, 서비스업 등 여성사업자들의 70% 이상이 이 분야에 몸담고 있다는 사실이 그렇다. 또한 비근한 예로 2020년이 되어야 우리 나라 여군 비율이 5% 선이 될 것이라고 한다.

각 분야에서 능력 있는 여성들이 증가하고 사회활동 인구도 증가하고는 있지만 현재의 상황으로 보아서는 여성들의 왕성한 활동이 가능하도록 전반적인 분야의 환경 변화가 아쉬우며 여성들 또한 스스로 노력을 더해야 하는 실정이다.

성공하는 사람을 분석해 보아라. 그들은 누구든지 TTPP 이 네 가지를 공통적으로 갖추고 있다는 것을 발견하게 될 것이다.

여성이든 남성이든 프로패셔널리스트가 되고 성공한 사람으로 인정받기 위해서는 각자의 TTPP가 뒷받침되지 않으면 안 된다.

– 적당히 Time(시간)을 투자해야 한다.

– 남다른 Try(노력)를 기울여야 한다.

– 능력을 발휘하는 Power(힘)가 있어야 한다.

– 식지 않는 뜨거운 Passion(열정)이 필요하다.

이렇게 해보자

* 하고자 하는 일(직업)을 정확하게 정해라.

* 향후 30년, 40년까지 성공인생의 마스터플랜을 세워라.

* 짧게는 1년, 길게는 3~5년 단위로 구체적인 노력과 성장 과정을 그려라.

* 수시로 체크해라. 정해놓은 대로 가고 있는지, 너무 느린 것은 아닌지, 더 채워야 하는 것은 없는지 점검하고 보완 수정해라.

* ‘Can not’, ‘Give up’은 생각도 하지 마라. 오로지 ‘Can do’만 생각해라.

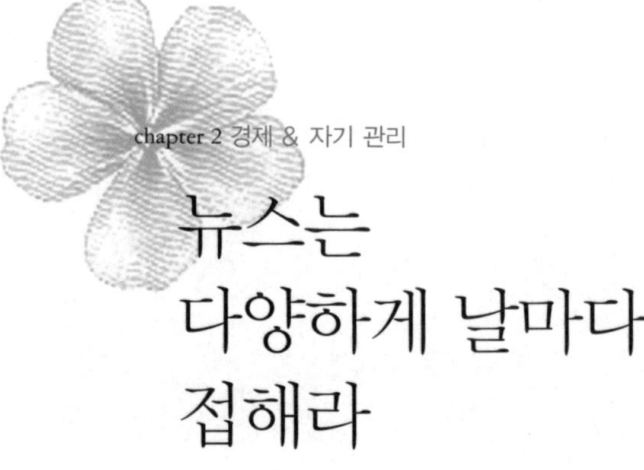

뉴스는 다양하게 날마다 접해라

무역회사 3년차인 순미씨. 그녀는 점심시간만 되면 분식이나 김밥으로 빠르고 간편하게 해결하고 남는 시간은 인터넷에 들어가 연예 정보나 패션몰을 서핑하는 것이 취미다. 그러니 회사에서나 주변 친구들 사이에서 연예 정보박사로 통한다.

이런 순미씨에게 어느 날 조과장이 충고를 했다.

"순미씨 연예 정보만 볼 게 아니라 경제나 사회 관련 뉴스도 좀 보고 그래. 무역회사 직원이라면 국내외 경제 흐름 정도는 꿰차고 있어야지."

그러자 순미씨 하는 말이 그야말로 10대 소녀 수준이다.

"어머, 과장님. 가뜩이나 머리 복잡한데 뭐 하러 그 딱딱하고 재미없는 뉴스들을 봐요. 저는요 경제, 정치 뭐 그런 뉴스들 보면 머리 쥐난다니까

요. 글구 돈이 나와요. 밥이 나와요. 연예 정보는 그래도 잘생긴 남자들 구경하는 재미라도 있죠."

이쯤 되면 조과장 하늘 쳐다보면서 한숨 한번 쉬고 돌아설 수밖에 없는 일이다.

실제로 남성들에 비해 여성들은 정치, 경제, 사회 분야에 대한 관심보다는 연예, 건강, 패션 등에 관심이 많은 편이다. 순미씨처럼 정치, 경제 분야는 생각만 해도 머리 아프기 때문에 아예 관심 없어 하는 이들이 적지 않다. 만일 당신이 그중 한 사람이거나 평소 경제, 정치, 사회 분야에 관심이 소홀한 편이라면 이제부터는 생각을 달리 해야 할 것이다.

정치, 경제, 사회는 시대의 흐름과 역사를 주도하는 분야이다. 비즈니스를 하든 교직에 몸담고 있든 간에 자신이 속해 있는 사회의 흐름과 변화를 읽어야 하는 것은 어쩌면 기본적인 일이다.

일례로 재테크에 관심이 없다고 해서 경제 관련 뉴스를 거들떠도 안 본다는 것은 인생을 살아감에 있어서 적극적으로 개척하는 자기의지형 삶을 회피하고 싶다는 말이나 다름없다. 누군가가 다 만들어놓은 잔치상에 앉아 맛있는 음식이나 먹어보겠다는 얘기일 수도 있다. 자신이 속해 있는 국가와 사회의 흐름을 읽는 것은 어떤 분야의 일을 하든지 반드시 필요한 부분이다. 끝까지 무시하고 산다면 직장에서는 다른 사람에게 밀려날 것이며 결혼 후에는 경제권을 남편에게 일임하고 세상 돌아가는 것을 모르는 부엌떼기(?)라는 말이나 듣기십상이다.

경제 뉴스는 정보로서 중요한 역할을 하므로 자료만 잘 모아도 돈이 된다. 정치의 경우 향후 실생활에 적용될 각종 정책이나 방향을 알게 되고, 사회는 동시대를 살아가는 사람들의 생각이나 트랜드를 읽게 된다.

예전처럼 돈 주고 신문을 구입하지 않아도 인터넷에만 들어가면 실시간으로 전해지는 다양한 뉴스와 정보를 접할 수가 있다. 하루 10분, 20분만 인터넷에서 뉴스를 보아도 정치, 경제, 사회 분야의 흐름을 쉽게 알 수 있으며 새로운 정보나 국제 정세도 알게 된다. 사무실이든 집이든 어디에서든지 쉽게 접할 수 있는 인터넷 아닌가? 만일 이것도 귀찮아서 하지 못하겠다고 한다면 자기 발전은 기대도 하지 말고 꿈도 꾸지 말아야 한다. 세상 돌아가는 정보력 없이는 그 어느 분야에서도 자신의 길을 개척할 수 없기 때문이다.

이렇게 해보자

* 자신의 업무나 관심 있는 분야의 정보는 그때그때 복사하여 자신만의 자료실에 저장해라.

* 이해하기 힘든 경제용어는 경제용어사전에서 다시 검색하여 그 뜻과 의미를 이해해라.

* 세무, 소비자, 저축, 보험 등의 뉴스는 실생활에 곧장 적용되는 정보이므로 100% 활용해라.

자신만의
발표 능력을 키워라

췌장암으로 고인이 된 스티브 잡스는 애플 신화를 이룩한 인물로 유명하다. 그가 제품 소개를 할 때 실시한 탁월한 프레젠테이션은 세계인의 주목을 받아 아이패드, 아이폰의 매력에 빠져들게 하였다. 그 결과 세계인들로 하여금 제품을 사기 위해 기나긴 줄을 서게 하는 진풍경을 낳았다. 물론 이는 엄청난 판매로 이어졌고, 이제 스티브 잡스의 프레젠테이션은 프레젠테이션계의 교과서가 되었다.

프레젠테이션은 잘만 이용하면 상사의 눈에 띄는데 최고의 방법이 될 수 있다. 이러한 발표 능력은 단순히 입사 후에만 사용되는 것이 아니다. 입사 면접을 치를 때부터 반드시 갖추어야 할 것이 바로 발표 능력이다.

최근 핸드폰 광고에도 나오지만, 핸드폰 벨소리를 BGM으로 사용하는 것은 신입사원다운 패기와 신선함이 톡톡 묻어나온다. 이외에 사진 등의 시각 자료도 훌륭한 발표 자료가 된다.

회사에 입사하고 나서는 본격적인 프레젠테이션의 전쟁터에 뛰어들게 된다. 업종에 따라 다르겠지만, 최근에는 대부분의 업무가 출중한 발표 능력을 요구한다. 업무상 전화를 할 때조차도 발표 능력이 필요하다.

하지만 어떤 여성들은 '과연 여자에게도 프레젠테이션 능력이 필요할까? 사실 중요한 프레젠테이션은 모조리 남자들이 차지하잖아!' 라고 생각할지도 모르겠다. 언젠가는 기회가 올 것이라는 생각으로 항상 자신의 발표 능력을 갈고 닦아야 한다. 한 방으로 자신의 이미지를 쇄신시킬 수 있는 기회로 프레젠테이션보다 더 좋은 것이 어디 있겠는가?

그럼 프레젠테이션에는 어떤 테크닉과 아이디어가 필요할까?

지금까지 상투적인 어구로, 마치 초등학생이 국어 교과서를 읽는 듯한 발표를 했던 사람이라면, 이번 기회에 듣는 이들의 허를 찌르는 촌철살인의 문구들을 생각해 보자. 물론 처음에는 혼자서 생각해내기가 어려울 것이다. 책, 영화, 연극, 시사 등 다방면의 텍스트와 교양을 접하면 큰 도움이 될 것이다. 어느 개그맨은 아이디어를 얻기 위해 바쁜 와중에도 밤을 새어가며 책을 읽고, 스티븐 스필버그는 영화 아이디어의 대부분을 책에서 찾았다고 한다. 누구나 예상하는 뻔한 내용일지라도 그 표현이 전혀 예상치 못했던 것이라면, 사람들은 귀를 기울이게 되어 있다.

동료 직원이나 상사가 하는 프레젠테이션을 유심히 관찰해두는 것도 자신의 발표 능력을 향상시키는 좋은 방법이다. 발표를 잘 하는 사람은 청중들의 관심을 어떻게 모으는지, 잘 하지 못 하는 사람은 왜 못 하는지, 그 이유를 꼼꼼히 분석하면서 배울 점만 벤치마킹하는 것도 큰 도움이 된다.

발표 능력은 반드시 회사에 관련된 일에만 관련이 있을까? 그렇지 않다. 사적인 자리에서도 자신의 의견을 조리 있게 말해야 하는 상황은 얼마든지 있다. 가령 예를 들어, 애인 혹은 남편쪽 가족들과 불화가 있다든지, 취미 활동으로 하는 동호회나 스터디에서 의견 충돌이 있을 경우, 억울한 일을 당해 경찰서에 갔을 경우 등 우리 인생의 여러 장면에서 이러한 발표 능력이 효력을 나타낸다. 조리 있게 말하고 다른 사람들을 설득할 수 있으며, 최종적으로는 공감까지 얻어내는 능력은 평생 방패막이 되어준다.

여자라고 조용히 입만 다물고 있는 시대는 지나갔다. 자신의 생각을 당당하게 표현할 줄 아는 여성이야말로 진정 아름답다고 평가받는 시대인 것이다.

자신만의
카리스마를 가꿔라

매력적인 사람은 누구나 자신만의 향기, 카리스마를 지니고 있다. 카리스마는 단순히 어깨에 힘을 주고 인상만 쓰는 것이 아니다. 각자의 위치와 상황에 맞는 카리스마가 있어야 나를 멋지고 당당하게 만드는 것이다.

직장 내에서는 직위에 맞는 카리스마, 가정에서는 가족의 역할에 맞는, 그외 다양한 관계와 상황에 맞는 카리스마를 생각해 보자.

우선 회사에서 리더의 입장, 예를 들면 여사장이나 이사급이라면 강력한 리더십으로 구성원들을 이끄는 카리스마가 필요하다. 회사의 미래에 대한 정확한 비전을 제시하고, 비전에 대한 성취에 확고한 자신감을 보여 주는 능력이 리더에게는 절대적인 요소이다. 여성다운 부드러운 포용력으로 부하 직원들을 감싸면서도 회사의 장래가 걸린 일이라면 그 누구보다도 강인한 모습을 보여준다면, "우리 사장님, 남자인 내가 봐도 정말 멋져. 여장부시라니까."라는 찬사를 들을 수 있을 것이다.

평사원도 사장 못지 않은 카리스마를 발휘할 수 있는데, 그 종류는 약간 다른 것이다. 동료 직원들 사이에서는 인간적인 모습으로, 상사에게는 일 한번 똑 부러지게 하는 부하 직원으로, 손아래 직원들에게는 재미있고 편 안한 언니로……. 얼핏 보면 어려워 보이겠지만 결코 어려운 일이 아니다. 한 마디로, 자기 일에는 최선을 다하고 타인을 대할 때는 상대방의 입장에 서 생각해 보는 정신으로 대하는 것. 인간 관계에서는 너무나 당연할지도 모르겠지만, 이 당연한 일을 지키는 것부터가 카리스마의 시작인 것이다.

카리스마에는 결코 강한 것만 있는 것이 아니다. 버드나무가지처럼 부 드럽지만 결코 꺾이지 않는 강단과 유머 감각은 21세기형 카리스마로 서 서히 각광받고 있다. 이런 형태의 카리스마는 회사에서 뿐만 아니라, 친구 나 연인 등 다양한 인간 관계에도 적용할 수 있는 전천후 스타일이다.

"그럼 가정주부에게는 카리스마가 필요 없다는 말인가?"

결코 그렇지 않다. 험난한 결혼생활을 헤쳐나가기 위해서라도 카리스마 는 가정주부에게 필요한 요소이다. 요즘에는 합리적인 신세대형 시부모님 들도 많지만, 여전히 '며느리는 시댁의 종'이라는 인식이 있다. 종이 아닌 인간임을 선언하기 위해서는 나름대로의 카리스마적인 전략을 구사해야 한다. '이건 아니다'라고 생각될 때는 단호하게 거절하고, 시댁 식구들이 아무리 들볶는다 해도 눈 하나 깜짝하지 않는 뚝심이 우선 이 카리스마의 기본이다. 또한 시댁 말을 안 듣는다고 남편이 펄펄 뛰며 이혼하자고 해도, "너 딴 데서 나만큼 괜찮은 여자 찾을 수 있을 거 같아? 찾는다고 해도 그 여자가 나처럼 순진하게 니 와이프가 되어 줄 것 같아? 내가 있을 때 잘

해.”라고 말할 수 있는 배짱도 요구된다.

그럼 카리스마를 기르기 위해서는 어떤 준비와 자세가 필요할까? 가장 중요한 것은 당당함이다. 작은 실수 하나 때문에 야단맞을까 봐 무서워하고 부들부들 떨고만 있으면, 어느 누가 보더라도 만만한 먹잇감으로밖에 안 보인다. 실수를 인정하고 그 해결책을 강구하고 다시는 그런 실수를 하지 않겠다는 자세를 보인다면, 쉬운 상대로 낙인찍히지 않을 것이다. 실수를 한 와중에도 이런 당당한 태도는, 평소부터 자기 자신을 사랑하는 사람만이 가능하다. 이런 사람들은 자신을 사랑하기 때문에 자신의 일에 최선을 다하고, 어느 누구에게도 꿀릴 것이 없다고 생각한다. 때문에 작은 실수는 어디까지나 실수일 뿐이며 이것은 자신이 더욱 발전할 수 있는 기회라는 긍정적인 사고가 가능한 것이다.

카리스마의 또 한 가지 요소로는 친화력을 꼽을 수 있다. 당당하기는 하지만, 다른 사람들을 완전히 무시하는 사람들은 결코 진정한 카리스마를 지닐 수 없다. 카리스마는 어디까지나 다른 사람들의 인정으로 생겨나는 것이지, 내가 나를 카리스마적이라 정의할 수 있는 성질의 것은 아니다. 그러므로 상대방의 마음을 잘 헤아려주고, 어떤 일을 하든지 공동체를 잘 이끌고 갈 수 있는 사람이야말로 진정 카리스마적인 인물이다.

상사나 선배에게 적극적으로 조언을 구해라

"우는 애한테 젖 한 번 더 물려준다."는 말이 있다. 자신이 부족한 게 있으면 먼저 도움을 요청하는 사람이 현명한 사람이라는 얘기다. 자존심 때문에 또는 게을러서 자신이 부족한데도 불구하고 주변 사람들에게 도움을 요청하지 않는다면 그 누구도 그를 도와줄 리가 없다.

사람은 그 누구도 완벽하지 않다. 때문에 배우고 또 배워도 끝이 없다는 말이 나온 게 아닐까 싶다. 학창시절 아무리 우수한 인재였다 할지라도 사회는 학교와는 달라서 모든 게 머리로만 해결되지 않는다. 지식과 지능지수보다는 풍부한 경험을 통해서 얻은 노하우를 필요로 하는 게 한두 가지가 아니다. 그러니 직장이나 사회생활을 하다 보면 자신의 힘으로만 해결되지 않는 일이 부지기수다. 특히 사회 초년병 시절에는 더욱 그렇다. 자신이 알고 있는 지식을 총동원하고 잠을 설쳐가면서 애를 썼는데도 도저히 해결의 실마리가 보이지 않는다. 이럴 때 당신이라면 어떻게 하겠는가?

'도중에 포기한다'

'시간이 걸리더라도 노력해 본다'

'가까이 있는 선배나 상사에게 조언을 구한다'

첫 번째 포기의 경우 그것은 매우 무책임한 행동이 된다. 두 번째의 경우 자칫하면 '무모한 짓'이라는 비난을 받기 쉽다. 그렇다면 세 번째를 택하는 것이 가장 현명한 방법이다.

문제는 자존심이 강한 사람일수록 누구에겐가 조언을 구하는 일에 익숙치 않으며 기피한다는 것이다. 특히 여성의 경우 남성에 비해 자존심에 대한 자기 관리가 너무 강한 편이어서 다른 사람에게 아쉬운 부탁을 하거나 조언을 구하는 일에 소극적이다. 이는 좋고 나쁨을 논하기 이전에 여성만이 지닌 특성이라고 이해해야 할 것이다.

하지만 이 점만큼은 여성들도 적당히 자존심을 포기하는 것이 좋다. 자존심을 내세워 혼자서 고민하거나 끙끙 앓는 것은 그다지 환영받지 못하는 일이기 때문이다.

오래 된 경력자가 충분히 알아야 되는 것을 모르고 있다면 상사로부터 싫은 소리를 듣고 부하로부터는 능력 없는 사람으로 낙인찍힌다. 하지만 경력이 많지 않은 입장이거나 이제 막 사회생활을 시작한 초보라면 선배나 상사의 반응은 다르다.

업무 처리를 하는 과정에서 자신의 능력으로는 도저히 안 되는 부분이 있어 상사에게 조언을 구하는 경우가 있다. 이럴 경우 상사는 방법이나 노

하우를 알려줄 것이다. 조언을 구했다고 해서 그들은 결코 부하나 후배 직원을 무시하거나 실력 없는 사람으로 보지 않는다. 오히려 다가와서 도움을 요청하는 아랫사람이 정겹게 느껴질 것이고 자신이 도움을 줄 수 있다는 것에서 보람이나 즐거움을 얻게 될 것이다.

하지만 조언도 구하지 않은 채 시간만 지체하다 "과장님 도저히 아무리 해도 안 됩니다."라며 포기의사 표시를 하거나 자존심 때문에 아무 말도 하지 않고 혼자서 땀만 쏟다가 결국 처리를 못했다면 결과는 뻔한 일이다.

"못하겠다고. 그러면 사표 써야지. 앞으로도 안 되는 것은 그렇게 포기할 테니까."라거나 "모르면 물어서라도 할 일이지. 미련하게 지금까지 붙들고 있으면 어떡해."라는 정말 자존심 상하게 만드는 질책만 쏟아질 일이다.

설령 업무와 관련된 일이 아닐지라도 선배나 상사에게 조언을 구할 일은 많다. 결혼을 앞둔 사람이라면 배우자의 가족들에게 잘 처신하는 방법이나 혼수를 간소하고 실속 있게 준비하는 테크닉을 전수받을 수 있으며, 내 집 마련을 해야 하는 입장이라면 어떤 저축이나 방법이 유리한지를 들을 수 있을 것이다. 이뿐만이 아니다. 건강, 비즈니스, 인간 관계 등등 다양한 분야에서 필요한 실질적인 노하우들도 얻게 될 것이다. 단 한 가지 중요한 것은 아랫사람인 자신이 어떻게 하느냐에 따라서 얻을 수 있는 것이 수없이 많을 수도 있고 아예 한 가지도 얻지 못하게 될 수도 있다는 것이다.

이렇게 해보자 (상사나 선배에게는)

* 먼저 인사하고 밝은 모습으로 대하라. 윗사람들은 아랫사람이 밝고 명랑하면 더 친근하게 대해 주려고 한다.

* 모르는 것, 궁금한 것은 망설이지 말고 질문해라. 사람은 누구나 자신이 알고 있는 것에 대해 질문을 받고 답할 때 즐거워한다.

* 말없이 무게 잡고 빈틈없어 보이려 하기보다는 있는 그대로를 자연스럽게 보여주어라. 후배는 후배다워야 하고 부하는 부하다워야 한다. 윗사람보다 조금이라도 더 어리고 1% 부족해 보이는 것이 오히려 상대를 편안하게 한다는 것이다.

* '호칭'은 정확히 부르되 정겨움, 반가움을 담아라.

일주일에 한 권씩
책을 읽어라

영화는 일주일에 한 편 꼭 보아야 한다. 애인도 일주일에 꼭 한 번은 보아야 한다. 피자든 스파게티든 내가 좋아하는 음식도 일주일에 한 번은 꼭 먹어야 한다.

이런 그녀가 하지 않는 것이 있다. 일주일은커녕 한 달에 책 한 권 읽는 것은 그다지 관심을 두지도 않고 노력하지도 않는다.

이것이 만일 당신의 얘기라면 한 번쯤은 스스로에게 물어보아야 한다.

"책을 읽을 때와 읽지 않았을 때 어떤 차이가 있을까?"

"내가 지금 읽어서 도움이 되는 책들은 어떤 것들일까?"

"나는 정말 책 읽을 만한 시간이 전혀 없는 걸까?"

시간이 없어서 책을 읽지 못한다는 사람이 있다면 십중팔구는 핑계다.

주5일 근무이거나 격주 휴무제를 하는 기업이 늘고 있다. 일주일에 단 하루도 쉬지 않고 일하는 기업은 없으며 하루 24시간 일을 시키는 직장도 없다. 격주 휴무제 기업에 다니는 직장인의 경우 아침 출퇴근 시간 중 절반만을 책 읽는 데 활용한다 하더라도 하루 30~40분은 읽을 수 있을 것이다. 7시에 퇴근하여 집에 10시 전에만 들어가도 잠자기 전 한 시간 또는 30분 정도는 책 읽기에 시간을 할애할 수 있다. 출근하지 않는 휴일에는 두어 시간 정도 책 읽기에 할애할 여유는 충분히 있다. 이럴 경우 일주일에 최소 8시간은 독서에 시간을 투자할 수 있다는 결론이 나온다.

문제는 책 읽기에 관심을 갖지 않는데다 시간을 투자하지 않는다는 것이다. 20대, 30대에게 책 읽기가 왜 중요한지를 설명하는 것은 초등학교 고학년에게 "밥을 꼭꼭 씹어 먹어야 한단다."라는 말을 하는 것처럼 이미 잘 알고 있는 사실을 귀 따갑게 반복시키는 일이나 마찬가지다.

고민해야 할 일은 어떻게 하면 책 읽는 습관을 갖게 되는가 하는 점이다. 훗날 자녀를 둔 어머니가 되었을 때를 생각해 보자. 독서를 즐기는 엄마 아래서 성장한 아이들이 책 읽기도 좋아한다. 엄마는 일 년에 책 한 권 읽지 않으면서 아이들에게 독서는 매우 중요하며 그렇기 때문에 밥을 먹는 것처럼 늘 책을 가까이 하는 습관을 가져야 한다고 말할 수 있을까?

이렇게 해보자

* 책의 리스트를 만들어라
 : 읽고 싶은 책과 읽어야 할 책의 리스트를 정한 후 그중에서 가장 관심 있는 것부터 읽어라.

* 눈에 보이는 곳에 두어라
 : 책은 늘 눈에 보이는 곳에 두어야만 읽게 된다. 낮에 책 읽을 시간이 부족한 입장이라면 침대 옆이나 책상 위에 책을 놓아두어라.

* 늘 갖고 다녀라
 : 출퇴근 거리가 길고 낮 시간 짬짬이 책을 읽을 수 있다면 가방에 넣고 다니든 들고 다니든 늘 갖고 다녀라. 특히 버스나 지하철을 이용한다면 책 읽기는 매우 유리할 것이다.

* 메모해라
 : 책을 읽으면서 밑줄을 그어야 할 만큼 중요하다고 생각되는 부분은 수첩에 메모해 두어라. 다시 한 번 보고 느끼고 생각할 수 있도록 하는 좋은 방법이다.

독서를 즐기는 엄마 아래서 성장한 아이들이
책 읽기도 좋아한다.

외국 문화와 접해라

"선배, 나 홍콩 가요."

"어휴, 좋겠다. 역시 싱글이 좋긴 좋네. 근데 하필이면 왜 홍콩?"

"정기 휴가가 아니라서. 그냥 잠깐 갔다 오려고……."

"그래도 일본이나 중국으로 가지. 북경도 3박4일이면 충분한데……."

후배들이 해외여행을 간다고 하면 이렇게 토를 달곤 한다. 출장이든 여행이든 외국에 나가 현지의 문화를 접하는 것은 아주 좋은 일이며 젊은 시절일수록 많이 보고 느끼고 체험하려는 노력을 쏟아야 한다.

다만 한 가지 아쉬운 것은 나이가 들어서는 휴식이나 레저를 위해 여행을 가더라도 젊은 시절에는 문화 체험을 위해 여행을 떠나는 게 좋지 않을까 하는 점이다.

‘정저지와(井底之蛙)’ 라는 한자가 있다. 우물 안의 개구리라는 뜻으로 세상을 넓게 보지 못하는 이들을 가리켜 이렇게 말하곤 한다. 이미 지구촌 시대를 알리는 국경 없는 시대는 시작되었고 보고 배울 것이 있다면 어디든지 떠날 수 있고 또 그렇게 해야 한다.

한 평생을 살면서 대한민국이라는 이 나라 땅만 밟으면서 사는 것은 조금은 억울한 일이 아닐까? 비행기 타고 몇 시간 내에 갈 수 있는 나라나 도시들이 부지기수인데 기회가 된다면 떠날 수만 있다면 그게 좋지 않을까 싶다.

남의 나라 가서 섹스관광이나 싹쓸이 쇼핑 또는 매너 없는 행동으로 어글리 코리안(ugly korean) 소리를 듣지 않는 여행이라면 이제 해외여행이라고 해서 남의 눈치(?)를 보거나 특별한 취급(?)을 받을 일은 아니기 때문이다.

말로만 듣고 글로만 읽었던 세계 각국. 어느 나라를 가든 새롭고 경이로운 것은 사실이다. 다만 하나라도 더 보고 느낄 것이 많은 역사나 문화가 살아 숨쉬는 곳으로 떠나는 게 좋지 않을까 싶다.

특히 젊은이라면 배낭 하나 달랑 메고 자유로움과 도전 정신을 동시에 갖고 떠난다면 더 좋지 않을까. 적당히 외롭고 긴장감도 몰려오지만 새로운 공간, 새로운 사람들과의 만남은 설레임을 안겨주고 지금까지 보지 못했던 외국 문화의 볼거리들은 깊은 인상과 보는 즐거움, 느끼는 즐거움을 안겨줄 것이다.

이쯤에서 누군가는 이런 말을 할지도 모른다. 외국 문화를 접하기 위해서는 반드시 현지로 떠나야만 하는 건가? 라고.

맞는 말이다. 굳이 현지로 떠나지 않아도 국내에서도 외국 문화를 체험

할 수 있는 방법은 많다. 각국의 문화원에서는 자국의 문화를 알리기 위한 책자 발행, 영화상영 이벤트 등을 비롯해 자료 전시 및 상담 등을 하고 있다.

그런가 하면 우연이든 의도적이든 국내에 거주하고 있는 외국인 친구를 사귀는 것도 그들의 문화를 간접 체험하는 방법 중 하나가 된다.

국내에서 외국 문화를 체험하는 것은 경제적, 시간적 이점이 크다. 다만 보다 생생한 문화체험과 새로운 세상 속에서의 색다른 즐거움을 원한다면 현지로 직접 떠나는 것이 좋으며, 가능한 한 역사, 문화를 다양하게 보고 느낄 수 있는 곳으로 가보길 권할 따름이다.

이렇게 해보자

* 프리플랜(Free plane) 여행을 떠나라
  : 패키지 여행이나 단체 여행은 안전하고 편하다는 점은 있지만 자유롭지 못하고 자신이 보고 느끼고자하는 것에 대한 제한이 따른다. 기본적인 영어 구사 능력이 있다면 프리플랜이 좋다.

* 최소한 3개월 이전부터 계획을 세워라
  : 외국 문화를 체험하기 위한 여행은 사전에 관련 정보나 자료를 접하고 떠나는 게 좋으며, 경제성, 시간성 장점을 따져볼 때 미리 준비하는 것이 좋다.

* 비수기를 이용해라
  : 성수기에는 항공요금이 비싸고 티켓 구입에도 어려움이 많다. 4~6월, 9~11월은 비수기인 만큼 항공 요금이 저렴하고 호텔이나 숙소 예약도 수월하다.

* 부지런하게 움직여라
  : 해외 문화 체험을 떠나는 배낭여행이라면 국내에서의 평소 생활보다도 훨씬 부지런하게 움직여야 한다. 초행길인데다 현지 상황이란 그때그때 다를 수 있어 발 빠르게 움직이지 않으면 시간만 낭비하는 실속 없는 일이 된다.

외국어 한두 가지는 반드시 마스터해라

외국어 실력이 사회 생활의 무기가 되는 시대는 지났다. 토익 900점 받은 사람도 대기업 공채에서 떨어지는 것이 현실이다. 다시 말해 외국어 잘한다고 해서 그것만으로 직장이나 사회에서 인정받던 시대는 지났다는 얘기다. 그렇다고 외국어는 더 이상 배울 필요가 없는 걸까? 그것은 결코 아니다.

외국어는 우리가 일상생활에서 무언가가 필요하면 그것을 얻고자 어떤 행동을 취하듯이 외국어로 대화를 나누거나 외국서적을 참조해야 하는 일이 있으면 그때그때 적절하게 활용하는, 이를 테면 우리의 사회활동에 필요한 주무기가 아니라 보조 장비인 셈이다.

지구촌이 특정 제한영역이 없는 글로벌 경제권으로 변화함에 따라 외국어 필요성은 갈수록 커지고 있다. 다만 예전처럼 외국어를 구사하는 이들이 소수였던 시대에는 외국어 구사 능력이 곧 성공의 무기로 작용했지만 이제는 성공을 위해 갖추어야 하는 다양한 장비 중 하나가 되었다는 것이다. 하지만 우리 나라 고학력자들의 외국어 실력은 이를 테면 현실적으로 활용하지도 못하여 시간이 흘러감에 따라 노후화되는 창고 속의 무기로 남는 일이 비일비재하다는 것이 문제다.

학원을 다니고 수많은 시간을 외국어 공부에 투자했지만 기업에 입사한 후 제대로 활용한 것은 승진시험이 있을 때와 해외연수 갈 때 정도였을 뿐 업무활동에는 아무런 쓸모가 없는 이들이 절대 다수를 차지하는 게 현실이다. 그나마 해외지사 발령이나 해외영업 담당부서에서 일하는 사람들이나 어학을 업무에 활용하는 정도이다. 한 마디로 없으면 무능력한 사람이 되지만 있어도 그다지 쓸모가 없는 애물단지라는 얘기다.

자신이 지닌 외국어 실력을 썩히지 않고 활용하는 방법은 찾기 나름이다. 외국계 기업에 입사하거나 해외 근무를 자청한다면 그야말로 제격이다. 하지만 이것이 힘들다면 다른 활용법을 찾아야 한다. 굳이 찾아야 하는 이유는 분명하다. 쓰지 않으면 무기처럼 녹슬어 가는 것이 외국어이기 때문이다. 나이가 들면 들수록 기억력은 쇠퇴해지기 마련이어서 자신이 공부한 외국어의 어휘 또한 하나 둘씩 사라져 간다. 마치 곳간의 쌀이 쥐들에 의해서 점점 줄어들 듯이 생활에서 얻어진 지식이 아닌 공부를 통해 얻은 지식은 세월이라는 무서운 존재 앞에서 소리 없이 사라져가는 것이다.

이제부터는 그 구체적인 활용 방법을 찾아나서야 한다.

이렇게 해보자 (제대로 활용하려면)

✱ 한 달에 한 권이라도 해당 언어로 발행되는 경제, 시사 주간지를 읽어라.

✱ 1주일에 한 번은 방송 프로그램을 시청해라.

✱ 국제적인 행사의 자원 봉사자로 활동해라.

✱ 자신의 업무 분야와 관련된 원서를 구입하여 읽어라.

✱ 소년소녀 가장 또는 어려운 가정 자녀들의 무료 외국어 강사를 자청해라.

✱ 1년에 한 번은 외국으로 여행을 떠나라.

모임에
적극적으로 참여해라

"야, 넌 허구한 날 모임이니. 국회의원 선거 나갈 거니. 밥이 나와 돈이 나와. 오히려 돈을 써야 하는 거 아니니. 참으로 오지랖이 넓지."

친구나 가족들로부터 이런 소리를 듣는 사람이라면 그들의 잔소리에 서운해 하거나 불쾌하게 여기지 않아도 된다. 모임이 많다는 것은 그만큼 많은 사람들을 만난다는 것이고 그 속에서 많은 것을 얻을 수 있기 때문이다.

이런저런 모임에 참가하다 보면 눈에 띄게 얻는 것 몇 가지가 있다. 첫째는 많은 사람들을 알게 된다는 것이다. 사회 활동을 하는 직장인은 보통 모임이 4개 정도 된다. 매월 한 번씩 만나면 한 달에 네 번은 모임에 참석하게 된다. 모임을 통틀어 만나게 되는 사람은 30여 명에 달한다. 그들 중에는 아주 절친한 사람도 있고 모임의 회원으로서의 관계 정도에서 그치는 이들도 있지만 어찌 됐든 개인적인 행사에 참석할 만큼 인간 관계가 형성되어 있다. 좋은 일이든 어려운 일이든 많은 이들이 나와 함께 해준다는 것은 얼마나 감사한 일인가?

두 번째는 다양한 정보 습득과 간접 체험이다. 만나는 사람들이 많다보니 직업도 나이도 제각각이다. 대화를 나누다 보면 무의식중에 그들로부터 얻는 것이 한두 가지가 아니다. 서로 가지고 있는 직업이 다르고 취미도 여러 가지이기 때문에 서로 많은 정보를 교환할 수 있다. 한 마디로 다양한 사람들의 삶을 간접적으로 엿보게 된다. 특히 글 쓰는 게 직업인 나로서는 모임에서 만나는 여러 사람의 살아가는 이야기들이 글 쓰는 데 좋은 소재거리가 된다.

세 번째, 사람들과의 어우러짐 속에서 느끼는 즐거움이다. 혼자서 방에 들어앉아 낮잠을 자거나 컴퓨터 게임에 몰두하는 대신 사람들을 만나 웃고 노래하고 마시고 떠들거나, 내가 원하는 분야의 토론을 즐기는 일이란 큰 만족을 얻게 한다. 무엇보다도 정신 건강에 활력을 불어넣어준다.

이런 몇 가지 장점 외에도 모임이란 일단 사람과 사람이 만나 시간과 서로에게 좋은 것들을 공유한다는 점에서 매우 즐겁고 유익한 일이다. 단, 모임에 참석함으로 인해 물질적, 정신적 피해가 크다면 그런 모임은 참여해서는 안 될 일이다. 이를 테면 도박, 유흥, 탈선을 위한 모임이거나 생활에 지장을 초래할 만큼 경제적 손실이 큰 모임과 같은 가까이해서는 안 되는 모임들은 절대적으로 피해야 할 일이다.

특히 독신을 택하는 여성들에게는 모임의 중요성은 더욱 크고 소중하다. 혼자 살기 때문에 때로는 자기 혼자만의 생활에 빠져들다 보면 조직이나 공동체 생활에 적응이 안 될 수도 있다. 사고가 이기적이거나 편협된 방향으로 바뀐다거나 생활 패턴이 지나치게 자기 테두리 안에서만 이루어질 수도 있다. 모임은 독신생활에서 나타날 수 있는 이 같은 문제점들을 줄여 주는 효과를 가져다준다.

여하튼 인간은 사회적 동물이며 혼자서는 살 수 없다는 기본적인 논리만 보더라도 모임은 적극적으로 참여하고 활동할 만한 가치가 있지 않을까?

이렇게 해보자

* 반드시 참여하고 싶은 모임이나 동호회에 가입해라
  : 형식적으로 친구에게 끌려가 하는 수 없이 가입하는 모임은 적극적인 참여가 이루어지지 않기 마련이다. 그야말로 유명무실한 모임이 된다.

* 적극적으로 참여해라
  : 개인적인 일로 한두 번 빠지다 보면 자신도 모르게 그 모임과 멀어지게 된다. 모임은 빠지지 말고 참석하며 적극적으로 활동하는 것이 좋다.

* 적을 만들지 마라
  : 여러 사람들이 모이는 일이니만큼 다양한 사람들을 만나게 된다. 그들 중에서는 자신의 성격이나 취향과는 전혀 다른 사람들도 있고 여러 면에서 기대에 못 미친다는 느낌을 갖게 되는 이들도 있다. 하지만 개인보다는 전체를 생각하며 누군가를 미워하거나 무시하는 일이 없어야 한다. 적을 만들면 만들수록 자신도 누군가의 적이 된다는 것이다.

* 양보와 이해의 미덕이 필요하다
  : 아무리 작은 모임이어도 3명 이상은 된다. 자기 자신의 입장이나 생각을 지나치게 강조하다 보면 다른 사람의 생각이나 견해를 받아들이지 못하게 된다. 모임을 통해 양보와 이해의 미덕을 쌓는 것은 매우 소중한 일이다.

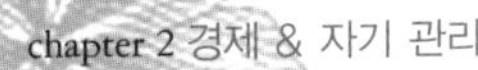

나만의 카운셀러를 만들어라

초기에는 잘나갔으나 장기적으로 성장하지 못하는 기업의 창업자이자 CEO, 매사에 똑 소리 날 만큼 정확하며 성실한데도 불구하고 가끔씩 딜레마에 빠지는 사람이 있다. 공교롭게도 이들 두 부류의 사람들 사이에서는 종종 한 가지 공통점을 발견할 수 있다. 그것은 다름 아닌 '주변 사람들의 의견은 무시하고 지나치게 자기 자신만을 믿는다는 것'이다.

개인 회사를 창업하여 온갖 고난을 헤치고 기업을 일으켜 세운 창업자들 중에는 직원들의 의견을 무시하고 자신의 의견만을 절대적으로 따르도록 하는 이들이 있다. 이들은 흔히 "너희가 뭘 알아. 몇십 년 동안 해온 나보다 잘 아는 사람은 없어. 이렇게 하는 것이 맞단 말이야."라며 자신의 생각이나 뜻을 절대 굽히지 않는다.

이런 경우 강력한 카리스마이자 리더십으로서 성공적인 결과를 낳기도 하지만 장기적으로 보면 실패할 가능성이 크다. 세상은 변하는데다 자신 한 사람의 생각보다는 여러 부하 직원들의 공통된 견해가 보다 현명하고 합리적일 수도 있기 때문이다. 사장이 자신의 뜻만 고집하고 밀어붙이는 일이 비일비재하다 보면 부하 직원들은 좋은 아이디어나 의견이 있다 하더라도 더 이상 입 밖으로 내놓지 않는다. 사장이 수용하지 않을 것이기 때문에 굳이 긁어 부스럼 만들고 싶지 않기 때문이다.

자기 자신을 너무 믿거나 과대평가하는 이들 또한 마찬가지다. 아무리 어려운 상황이나 갈등에 처해 있다 할지라도 주변 사람에게 의견을 구하는 일이 없다. 자존심이 강한데다 자신의 판단이 가장 정확하다는 착각에 빠져 있는 것이다. 이런 사람 역시 '제 꾀에 제가 넘어 간다'는 속담을 현실로 겪게 되기 마련이다.

세상 모든 일은 단지 아이큐가 높다고 해서 경험이 풍부하다고 해서 한 치의 실수도 없이 매번 성공적인 결과를 얻는 것은 아니다. 특히 경제와 관련해서는 더욱 그렇다. 경영자가 신규사업을 추진할 때나 제도를 개선할 때, 개인이 재테크를 할 때나 새로운 분야에 도전을 하게 될 때 자신만의 생각과 판단에만 의존하는 것은 무리다. 아니 엄청난 실수를 저지르는 일이 될 수 있다.

자신의 생각이나 견해가 최고라고 믿는 사람들에게는 주변 사람들의 어떤 좋은 의견이나 생각이 침투하고 들어갈 만한 틈이 없다.

아직까지 주변에 자신의 삶이나 일에 조언이나 충고를 해줄 수 있는 카운셀러가 없다면 더 시간이 흐르기 전에 또 좋은 사람들이 자기로부터 멀어지기 전에 카운셀러를 만들어라.

행여 이런 생각은 갖지 말아라.

"내가 깊은 얘기를 하거나 충고를 구했다가 거절당하거나 무시당하면 어떻게 하나. 날 우습게 보지는 않을까."

보통의 사람들은 아랫사람이 자신에게 질문을 해올 때 자신 있게 답해주게 되면 그것을 매우 보람된 일로 생각한다. 그것은 잘난 척하거나 무게를 잡는 그런 것이 아니라 누군가가 자신을 필요로 한다는 것만으로도 즐겁고 마음이 푸근해지기 때문이다.

<h1 align="center">이렇게 해보자</h1>

✻ 카운셀러는 자신보다 윗사람이 좋다
 : 학교 선배나 직장상사, 사회생활을 하면서 알게 된 인생 선배들 중에서 자신을 잘 알고 있고 가깝다고 생각되는 사람들 중에서 서너 명은 자신의 카운슬러로 정해라.

✻ 평소에 관계를 잘 유지해라
 : 자주 만날 수 없으면 전화로 안부도 묻고 관심을 보여줘라. 그리고 자신의 일이나 생활에 대해 숨기지 말고 편안하게 밝혀라. 가슴의 문을 닫고 있으면 상대는 가까이 다가오지 않는다.

✻ 조언을 얻고자 할 때는 먼저 자연스럽게 자리를 만들어라
 : 전화로 만남을 요청할 때 "뭐 부탁 좀 하려고요."라던가 "꼭 할 말이 있어서요."라고 말하지 마라. 편안하게 차 한 잔 또는 저녁식사나 하자고 제안해라. 그리고 상대가 시간이 바쁘다고 하면 약속 장소나 시간을 상대 입장에 최대한 맞춰주어라.

✻ 상대의 말에 일단 수긍해라
 : 조언을 구하여 답을 들을 때는 일단 수긍하는 자세를 보여주어야 한다. 자신이 필요해서 만난 사람인데 자신의 뜻과는 다르다고 해서·반박하거나 논쟁한다면 그것은 실례다. 일단 다 들어본 후 판단은 스스로 내려야 한다.

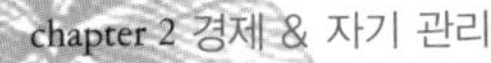

'나는 안 된다' 라는 스스로의 덫을 만들지 마라

"정말이지 나란 인간 왜 이러는지 몰라."
"하는 일마다 안 되잖아. 이런 내가 나도 싫어."

몇 번 도전을 했는데도 실패를 반복하다 보면 의지력이 약한 사람들은 쉽게 스스로의 덫을 만든다. 무엇 때문에 왜 안 되었는지를 고민하기보다는 무작정 '나는 안 돼' 라는 한 마디에 자신을 묶어둔다.

특히 요즘 들어 고학력 실업자들 중에서 이 같은 유형의 사람들을 쉽게 찾아 볼 수 있다. 취업문은 비좁은데 경쟁자들에 비해 갖고 있는 능력이나 자격이 부족해서 서너 차례 잇달아 실패를 할 경우 이 중 20~30%는 자포자기로 돌아선다. 이들은 미리 겁을 먹는다. 다시 도전을 해도 안 될 것이라고 생각하는 것이다.

성공한 사람들을 보라. 그들이 성공하기까지는 수많은 시련과 실패의 역사가 숨어 있다. 과연 그들도 그렇게 쉽게 포기했다면 오늘의 성공은 없었을 것이다. 적어도 그들은 '나는 안 된다'라는 생각은 하지 않았다.

2005년 제48회 행정고등고시 기술직에 최종 합격한 김유진씨는 지체장애 4급이라는 신체 장애에도 불구하고 8년에 걸친 노력 끝에 합격의 영예를 안았다.

양장과 한복 분야에서만 20여 년 간 일해 온 위경미씨도 2005년 전국 기능대회에서 장애의 벽을 넘어 명장이 되었다. 경북 의성에서 작은 한복 가게를 운영해 오고 있는 그녀는 힘들게 배운 기술을 다른 사람들과 함께 공유하고 싶다는 목표를 갖고 어린 나이에 의상학원을 다니며 바느질 기술부터 배우기 시작했다고 한다. 손바늘질을 배울 때는 손에 피멍이 그칠 날이 없었지만 그녀는 20여 년 오직 한길을 걸어왔고 경북에는 한복 부문의 명장이 없다는 것을 안타깝게 생각한 나머지 명장에 도전을 했다고 한다.

수많은 실패를 반복하면서도 의지력으로 스스로를 달래가며 도전을 거듭하여 성공신화를 이룬 사람들이 어디 한둘인가?

세상을 살다 보면 내 뜻대로 안 되는 일이 한두 가지가 아니다. 또 최선을 다했지만 결과는 기대 이하인 경우도 있다. 어쩌겠는가. 다음 기회에 다시 도전하여 목표를 달성하는 것이 상책인 것을.

생각을 바꿔야 한다.

" '나는 안 된다'라고 말하지 마라. 차라리 '약한 나의 의지력을 어떻게 하면 강하게 키울 수 있을까'에 대해 고민해라. 또 나는 무엇이 부족한지에 대해 생각해 보라."

　지금 당장 힘들고 어려운 시기라 할지라도 마음속으로는 항상 '잘될 거야'라고 외쳐야 한다. '칠전팔기(七顚八起)'의 의지력으로 성공을 이룬 사람들을 기억하고 그들에게서 희망의 불씨를 찾으려는 노력도 해보아야 한다. 아직 젊다면, 노력을 기울인다면, 그리고 의지만 강하다면 이 세상 못 이룰 것도 없고 안 될 것도 없다.

　가끔씩은 자신을 믿어라. '나는 잘될 것이고 분명히 그렇게 만들어갈 것이다'라고.

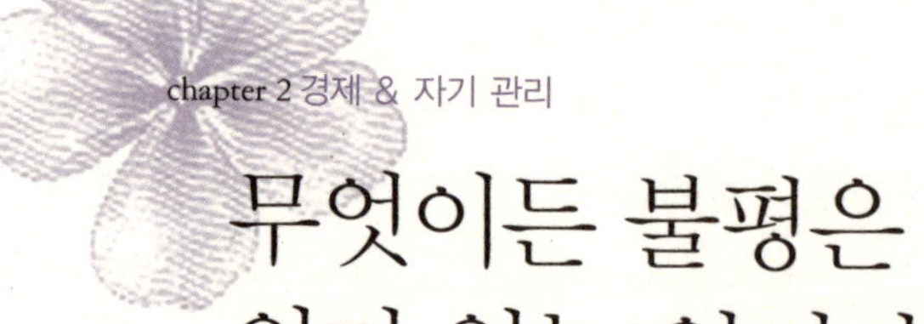

무엇이든 불평은
의미 없는 일이다

성공하는 사람들의 생활 습관 중 하나는 매사에 긍정적인 사고로 임한다는 것이다. 사물이나 일을 대하는 사고가 긍정적일 때 희망과 즐거움이 생기고 흥미가 생김으로써 어떤 상황에서든 자신이 갖고 있는 열정이나 능력을 최대한 발휘할 수 있기 때문이다.

우리는 주변에서 자기가 몸담고 있는 직장이나 하는 일에 대해 불평불만을 늘어놓는 사람들이 의외로 많다는 것을 느낀다. 회사 사장이 마음에 들지 않는다거나 월급이 적다고 불평한다. 일이 너무 힘들다고 하기도 하고 일거리가 너무 많아서 짜증이 난다는 것이다. 또 어떤 이들은 세상 돌아가는 것이 즐거운 것이라곤 없고 온통 짜증나는 일만 있다면서 살맛이 나지 않는다고 말한다.

살다 보면 이따금씩 짜증이 나거나 스트레스 받는 일이 생긴다. 그러다 보면 어쩌다 한두 번은 불평이나 불만을 하게 된다. 하지만 시도 때도 없이 늘 불평불만을 늘어놓는 사람이라면 그에게는 분명 문제가 있는 것이다. 그는 회사가 주는 월급이 적다고 불평불만이 많았다. 만일 회사에서 주는 월급보다 더 많은 능력을 지녔다면 그 회사를 그만두고 더 많은 월급을 주는 회사로 옮기면 될 일이다. 하지만 이런 사람들의 대다수는 다른 직장으로 옮길 수 있을 만큼 능력이 뛰어나지 못하다는 것이다.

모든 불만, 불평은 자신이 어떻게 생각하고 마음먹느냐에 따라 없어질 수도 있고 허구한 날 따라 다닐 수도 있다. 자신이 좋아하는 일을 선택한 사람이라면 적어도 일이 많아서 바쁘고 힘이 든다는 말을 할지 몰라도 일 자체가 짜증난다는 말은 하지 않을 것이다. 자기 부서 내에서 늘 열심히 일하고 상사에게 좋은 모습을 보였다면 상사가 이유 없이 화를 내며 자신을 괴롭히는 일은 없을 것이다. 분명 자기 자신이 무언가 부족하거나 미움을 샀기에 상사로부터 부당한 대우를 받거나 상사와 불편한 관계가 되고 그로 인해 회사 문만 나서면 불평과 불만이 쏟아져 나오는 것이다.

우스갯소리로 "직장인들은 술자리에서 사장이나 상사를 씹는(?) 걸로 스트레스를 푼다."는 말도 있긴 하지만 예전과는 달라져 상사라고 해서 일방적으로 지시하고 큰 소리만 치는 시대는 지났다. 직장 내에서 자신의 부하라 할지라도 인격적인 대우는 기본이며 근무 스타일은 각자 자율성에 맡기는 분위기로 흘러가고 있다. 이는 다시 말하면 직장 상사나 분위기에 대해 불평불만을 하는 사람은 그 당사자에게도 뭔가 문제가 있다는 얘기다. 이유 없이 부하를 쪼아대고 사내 분위기를 공포 분위기로 몰고 가는 간부들은 예전처럼 쉽게 찾아보기 힘들기 때문이다.

　직장에 대한 불평이 많은 사람은 하다 못해 식당을 가더라도 "음식 맛이 이상하네.", "카페 분위기가 안 좋네.", "주인이 퉁명스럽네." 등등 불평이 많다. 집에 가서도, 모임에서도 불평을 늘어놓기는 마찬가지이다.

　현대인들은 주변 사람 누군가가가 불평을 늘어놓는다고 해서 그에 동조하거나 동정을 하지 않는다. 오히려 불평하는 사람을 이상하게 여기거나 문제가 있는 사람으로 볼 수도 있다. 불평 그 자체가 자신과 관련된 것이므로 불평은 곧 자기가 처한 상황이 불안정하다는 것이나 다름없다. 또 그것은 누구에게도 도움이 되지 않고 오히려 전체 분위기만 흐트려 놓는다. 때문에 어디서든지 불평 많은 사람은 환영받지 못하는 시대다.

　능력 있고 자기 관리에 철저한 사람들을 보라. 그들은 불평하기보다는 먼저 불만 요소를 해결하기 위한 제안을 하거나 그것이 자신에게 스트레스가 되지 않도록 스스로 차단시킨다.

chapter 3

일 & 프로페셔널리스트

일이란 우리가 살아가는 동안 늘 곁에 따라붙는 영원한 테마다.
10년이고 30년이고 우리는 일을 해야 한다.
단지 먹고 살기 위해서가 아니라 살아 숨쉬는 몸과 마음을 더욱 건강하게 하기 위해서.
어차피 해야 될 일이라면 내가 좋아하는 것 잘 할 수 있는 일을 해야 한다.
그리고 프로가 되어야 한다.직종은 상관없다. 일에 성별이란 필요 없다.
내가 전문가가 되어 인류와 사회를 위해
반드시 필요한 한 분야에서 한 몫을 당당히 해낼 수 있다면 그것만으로도
나는 성공적인 삶을 살아가는 것이다.

스스로
한계를 만들지 마라

한 후배가 말했다.

"베스트셀러 작가요? 어휴 선배는 정말 말도 안 되는 얘기를 해요. 베스트셀러는 아무나 써요? 저는 그런 능력 없어요. 그냥 적당히 벌어먹고 살래요."

열심히 글을 쓰다 보면 베스트셀러 작가도 되고 성공도 할 수 있으니 힘들어도 열심히 글을 써보라는 말에 후배의 대답은 이랬다. 내 입에서 고운 말이 나갈 리 없다.

"저런 바보 같은 것. 넌 어찌 그리 열정이 없냐. 능력은 있는데 열정이 없단 말이야. 에구 웬수야."

대화는 이렇게 끝났지만 아쉬움이 남는다. 동생만큼이나 마음 쓰는 후배인데 자꾸만 자기의 한계를 만들고 마는 후배를 보면 안타까움과 답답함이 동시에 생기면서 가끔씩은 화가 나기도 한다.

왜 안 될 거라고 생각하는 건가?

하려고 시도는 해보았는가?

노력을 할 각오는 있는가?

사람마다 개인차가 있는 것은 사실이지만 능력이 되는데도 미리 겁먹고 도전하지 않고 노력하지 않는다는 것은 너무도 속상한 일이 아닐 수 없다. 인생이란 단 한 번인데 적어도 목표를 정하고 도달하려는 시늉은 해야 되지 않는가?

우주여행을 떠나고 복제양이 태어난 이 시대에 한계란 것을 스스로 만들 필요가 있을까? 한계란 없다. 단지 사람들이 스스로 한계를 만드는 것이 안타까울 뿐이다.

우리는 종종 엄청난 한계를 극복한 사람들의 얘기를 듣게 된다.

"헬렌 켈러처럼 많은 이들에게 희망을 심어주는 예술가가 되고 싶다."는 피아니스트 이희야는 오직 네 손가락만으로 기적과도 같은 선율을 뽑아낸다. 절망과 고통을 희망과 기쁨으로 승화시킨 그녀의 연주는 아름답고 향기롭다는 평가다. 그녀는 분명 한계를 극복했다. 천형과도 같았던 장애를 극복하기까지는 6세 때부터 손가락에 피멍이 들도록 연습을 했고 그녀의 어머니 또한 딸이 장애를 극복하고 예술가로 거듭나도록 하기 위해 온갖 노력과 열정을 쏟았기에 가능했다. 이희야를 아는 모든 사람들은 그녀야말로 한계를 극복한 '작은 거인'이라고 말한다.

허리케인 카트리나 이후 엄청난 피해를 겪고 있는 뉴올리언스를 대하는 방법에 대해서, 부시 대통령이 토크쇼 진행자인 오프라 윈프리에게 배워야 한다는 시카고 트리뷴 지의 기사를 통해 또다시 그녀만의 열정과 파워를 보여준 오프라 윈프리. 그녀는 무장 군인들이 저지하는데도 불구하고 슈퍼돔 내부로 들어가 시청자들에게 산처럼 쌓여 있는 쓰레기와 잔해들을 여과 없이 보여주며 "소변과 물과 배설물들 속에 서 있는 것…… 이것이 이곳의 현실이다."라고 말했고 카트리나 이재민들을 위한 생필품 구입을 위해 100만 달러를 기부하기도 했다. 이런 그녀에게도 10대 미혼모, 가난한 흑인이라는 마치 성공에는 한계를 짓는 아픈 이력이 있었지만 그녀는 극복했고 토크쇼의 여왕으로 군림했던 것이다.

이희야와 오프라 윈프리. 적어도 그녀들의 얘기를 접하고도 "난 ○○ 해서 안 될 것 같아."라던가 "난 못해. 능력이 부족해."라고 말한다면 앞으로 인생을 펼쳐나가는데 '영원한 2등' 아니면 '성공과는 거리가 먼 여자' 일 수밖에 없다.

누구든 어떤 상황이든 스스로 한계를 만들지 말자. 먼저 부딪혀 보고 노력하면서 소망과 꿈을 만들어가야 한다. 기적은 우리 곁에서도 얼마든지 일어날 수 있고 그 주인공이 우리 자신일 수도 있다.

누군가가 말했다. "나는 한국의 오프라 윈프리가 될 것이다."라고.

그녀의 의지와 소망에 찬사를 보내고 싶다. 그리고 그렇게 될 것이라고 믿는다. 할 수 있다고 마음먹으면 반드시 될 것이라고 보기 때문이다.

이렇게 해보자

＊ 매사에 긍정적인 생각을 가져라
 : 가능한 한 좋게 보고 희망적으로 생각하고 잘 될 거라고 믿자.

＊ 원하는 모습을 그려라
 : 먼 훗날 자신이 목표를 이루었을 때 성공했을 때의 모습을 머릿속으로 그려라.

＊ 스스로를 세뇌시켜라
 : 반복적으로 자기 자신이 원하는 것을 이룰 수 있다고 스스로에게 말해라. 주변 사람들의 부정적인 시각에 좌지우지하지 말아라. 주인은 자신이라고 생각해라.

＊ 벤치마킹해라
 : 한계를 극복하고 성공한 사람들의 삶에서 자신에게 부족한 것을 벤치마킹해라. 얼마든지 남의 인생에서 좋은 점을 훔쳐 내 것으로 만들어라.

'독종' 소리보다는
'프로'라는 소리를 들어라

"아니, 우리 차장은 대체 왜 그렇게 독한 거야. 아이고, 바늘로 찔러도 피한 방울 안 나올 거야. 일하는 거 봐. 그야말로 완벽해. 그러니 우리를 오죽 못살게 굴겠냐고. 한 마디로 독종이야 독종. 여유라고는 요만큼도 없어."

혹시 지금 나를 두고 회사 직원들이 이런 말을 하는 것은 아닌가? 훗날 상사가 되었을 때 이런 말을 들을 정도로 지금의 나도 독종인가?

한 번쯤은 반문해 볼 필요가 있는 말이다. 혹자는 "내가 내 일을 완벽하게 빈틈없이 하면서 아랫직원 제대로 일 시키려고 하는데 그게 뭐 문제인가? 여자라서 일 잘 하면 안 되는 건가? 내가 만일 남자 상사였어도 이런 말이 나오나?"라고 말을 받아치는 이도 있을 것이다. 충분히 그럴 수 있는 일이다. 동료들에게 피해 안주고 내 일 완벽하게 하는데 누구도 돌을 던질 자격은 없는 것이다. 다만 이런 상사에게 아쉬운 게 있다면 바로 인간미일 것이다.

일 잘 하고 똑똑한 상사를 두고 아랫직원들이 이렇게 뒷말을 하는 것은 단지 비난의 말만은 아니다. 너무 완벽하고 유능해서 부러운 구석이 있어 쏟아놓는 질투 섞인 푸념이거나 푸근한 인간 냄새가 없음을 아쉬워하는 마음을 토로하는 것이 아닐까 싶다. 또 여기에는 '똑똑하고 잘난 여자일수록 부드럽지 않다'는 사회의 편견이 조금은 영향을 미쳤을 것이다.

대부분의 사람들은 매사에 빈틈 하나 없이 모든 게 완벽한 사람보다는 어딘가 한구석은 부족하거나 평범한 구석이 있어서 보통사람처럼 여겨지는 사람에게는 정과 편안함을 느끼게 된다. 자기 관리에 철저하고 능력이 뛰어난 사람은 이유 없이 거리감이 느껴지고 그 이면에는 질투심이나 경쟁 심리를 갖게 되므로 마음의 문을 열고 다가서지 못하는 것이다.

동료들이나 다른 사람들에게 편안한 인상을 주고자 의도적으로 실수를 하거나 부족한 사람처럼 보일 필요는 없다. 일이나 조직 관리는 완벽하고 철저하게 하되 일을 떠난 점심시간이나 회식자리에서는 완벽한 상사가 아닌 편안한 선배 같은 모습을 보여줄 필요는 있는 것이다.

이를 테면 "김대리, 이거 하나 더 먹을래? 나는 다 못 먹을 것 같은데."라며 튀김 하나 상대의 접시에 더 올려주는 일, "김진우씨 술 잘 마시네. 나도 잘 마시지는 못하지만 오늘은 기분이 좋아서 그런지 한 잔 더하고 싶은 걸. 우리 오백 한 잔씩만 더 마실까."라고 아랫직원의 속마음을 읽어 공감대를 형성하는 것이 바로 인간적인 편안한 모습이 아닐까 싶다.

직장이나 주변에서 일 잘 하고 유능하지만 정이 안가는 '독종'이기보다는 일에서 프로로 통하는 만큼 부하들 관리에서도 여유 있고 부드러우며

따뜻한 마음이 넘쳐나 사람 관리에서도 프로라는 소리를 듣는 사람이 성
공도 빠를 것이다. 모든 것은 사람이 모여서 이루어지고 적보다는 아군이
많아야 성공하기 때문이다.

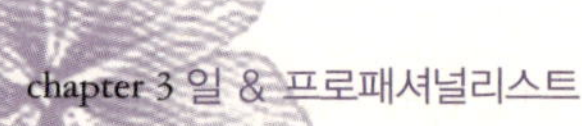

직장에서의 권리는
스스로 찾아라

"직장생활은 그냥 편하게 하고 싶어요. 골치 아프게 남자들이랑 싸워가면서 제 권리를 찾고 싶지도 않고……. 그렇게 해봤자, 저만 드센 여자로 찍히잖아요. 전 누구에게나 부드럽고 여성스럽게 보이고 싶거든요."

착하고 상냥한 여자라……. 결코 나쁜 이미지는 아니다. 어느 여자가 스스로 못됐고 억센 여자로 보여지고 싶겠는가? 사회생활을 하다 보면 억울한 일을 당할 수도 있고, 내가 당하지 않더라도 나의 동료 여직원을 옹호해줘야 하는 상황에 부닥칠 수도 있다. 그럴 때마다 아무 말도 못 하고 실실 웃기만 하면서 가만있을 것인가? 그런 것이 과연 착한 여자일까?

요즘은 워낙 법이 엄격해져서 사내에서 성추행을 벌이는 일은 많이 줄어들었다고 한다. 하지만 불과 5, 6년 전만 해도 여직원은 그냥 직원이 아니라 '(성적인) 여성 + 직원'이라는 관념이 있었다.

세계적으로도 유명한 일본계 회사에 근무하는 한 후배는 황당한 일을 겪었다. 출장 때문에 도쿄의 한 호텔에 방을 잡아두고 업무를 보고 있던 그녀. 하루는 거래처의 이사님이 수고가 많다며 식사 초대를 했다. 안면을 익힌 지 이미 1년이 넘은 사이여서 아무런 의심 없이 그 초대에 응했고, 레스토랑과 2차로 간 바에서의 시간은 아주 유쾌했다. 하지만 이사는 친구를 호텔 앞에서 바래다 주고도 갈 생각을 하지 않는 것이었다. 아니, 오히려 방 문 앞까지 따라오는 것이 아닌가. 함께 복도를 걸으면서도 아주 불편했지만 그 친구는 내색조차 하지 못했다고 한다. 하지만 다행히도 문 안으로 밀고 들어오려는 이사를 마침 지나가던 다른 손님이 저지해 주었다.

그러나 후배는 그 사실을 회사 내에서는 결코 거론하지 않았고, 가끔 걸려오는 이사의 전화에 짜증만 쌓여간다고 한다. 차라리 사건이 벌어진 다음날 바로 상사나 친한 동료에게 그 전모를 밝혀야만 했을 것이다. 그녀는 괜한 분란을 일으키기 싫어서 가만히 입을 다물었다지만 그것 때문에 몇 년이 지난 지금까지도 '내가 멍청하게 왜 그랬을까? 그 XX가 키스한 내 입술이 더러워서 견딜 수가 없다.'는 자괴감에 빠지곤 한다는 것이다.

그녀는 말한다. "성추행은 조용히 있으면 자신은 더 이상 다치지 않을지 몰라도, 또 다른 여직원이 그와 똑같은, 어쩌면 더 큰 피해를 입을지도 모르기 때문에 조직 내에서 벌어지는 성추행에 대항하여 여성들은 철저히 자신의 목소리를 높여야 한다구요."라고.

성추행 뿐만이 아니라, 승진이나 인사고과에 대해서도 잔뜩 주눅 들어 있는 여성들이 많다.

"우리 회사는 여자들은 승진이 잘 안 돼. 그래서 나도 그냥 결혼하고 출산할 때까지만 다니다 그만 두려고 해. 애 키우면서 평사원으로 아등바등 일 해봐야 뭐 하니. 치고 올라오는 남자 후배들 때문에 나만 스트레스 받지. 그냥 애나 잘 키울래.”

　왜 일반회사에서는 여자들이 승진하기 힘들 것이라고 생각하는가? 그런 생각을 하기 전에 최선의 노력을 다 했는가. 업무에 대해서는 철저하고, 인간 관계도 돈독한 인물이라면, “저도 이번에는 꼭 승진하고 싶습니다. 저 좀 밀어주십시오.”라고 당당하게 자신의 야망을 나타낼 수 있다. 일만 하면서 ‘내가 무슨 승진이야’ 라는 자괴감에 빠진 사람이나, 승진은 아예 포기하고 처음부터 편한 길만 택하려는 사람들은 다시 한 번 생각해 보자.

　과연 자신이 승진할 만한 자격을 갖추고 있는가. 100번 생각해서 100번 모두 자격이 있다고 판단되면, 그때는 당당히 승진시켜달라고 말해라. 당신이 진정한 인재라면 회사에서도 당신을 잡기 위해 최선을 다할 것이다.

남자를 이기려고 하지 말고 1등이 되려고 해라

인생을 살아가면서 경쟁심은 자신을 발전시킬 수 있는 중요한 열쇠가 되기도 한다.

'저 애보다 내가 시험을 더 잘 봐야 할 텐데.'

'사촌보다 더 좋은 대학에 들어가야지.'

'우리 과 학생 중에서 내가 제일 좋은 회사에 들어가야지.'

특히나 여자들은 남자들과 공부를 하거나 일을 함께할 때, 치열한 경쟁 의식을 느끼고는 한다. 살아오면서 은근한 남녀차별을 받아온 터에 이번 기회에 내가 남자보다 더 잘났다는 것을 보여주려는 의식일 것이다. 그런 의식이 잘못된 것은 아니다. 하지만 발전적으로 사용되어야 할 것이, 자칫 하면 스스로를 곤란하게 만들 수 있다는 사실을 명심하자. 남자들에 대해 경쟁 의식이 지나치다 못해 적대 의식까지 표출되면, 조직 내에서 왕따 1 순위로 꼽히게 될 것이다. 그리고 "넌 남자니까 그렇게 말하는 거다.", "남자들은 항상 그런 식이지." 등의 역(逆) 성차별적인 발언은, 결국 남자는 우월하고 여자는 어쩔 수 없는 존재라는 기존의 인식을 다시 답습하고마는 오류를 범한다.

차라리 남자를 이기기보다는 최고를 목표로 하는 것이 낫지 않을까? 최고가 되면 남녀를 막론하고 다 이기게 되는 것이 아닌가? 남자든 여자든 진정한 최고의 강자에게 박수를 보내고, 고개를 숙일 수밖에 없다. 하지만 여기서 중요한 것은 1등이 되더라도 진정한 1등이 되자는 것이다. 끈기 있는 것은 좋지만 악바리라는 말은 듣지 않을 정도로, 야무진 것은 OK이지만 얌체는 되지 않게, 그 적정 수준을 지키는 것이 진정한 1등으로 가는 길이다. 즉, 결과인 1등도 중요하지만 1등으로 가는 방법과 과정도 그 못지않게 중요하다는 사실을 잊지 말자. 그리고 열심히 노력했는데도 1등이 되지 못 했다 해도 슬퍼할 필요는 없다.

결과에 상관없이 진정으로 노력한 사람에 대해서는 주변에서도 인정하기 마련이다. 때로는 등수보다 평판이 더욱 값어치 있는 경우도 있으니, 끝까지 멋진 모습을 잊지 말자.

승부를 할 때는, 멋진 모습을 보여야 본인도 즐겁고 구경하는 사람들도 기분 좋지 않을까? 하지만 남이 잘되면 배부터 아픈, 특히 같은 여자라면 삼일 낮밤 잠도 못 잘 정도로 질투심이 많은 여자들도 있다.

상사가 한 여사원만 아끼면 "저건 인물값 톡톡히 하는군.", 동료 여사원이 지나치게 능력이 출중하면 "저건 얼굴도 못 생겼으면서 잘난 척은 혼자 다 하고 있네."라는 악평을 서슴치 않는다.

　이런 행동들은 결국 자기 자신은 물론 다른 여자들까지도 모두 깎아내리는 결과 밖에 가져오지 않는다. '여자들은 같은 여자들끼리 험담하는 이상한 족속'이라는 낙인이 찍히는 것이다.

　진정한 1등의 자리에 오르는 것은 결코 쉽지 않다. 특히나 여자로써 조직 내에서 남자들의 편견을 깨며 올라서기란 녹녹치가 않다. 하지만 상상해 보라. 모두의 인정과 갈채를 받고 있는 자신의 모습을. 비단 타인의 인정을 받기 위해서 1등이 되어야 하는 것은 아니다. 자신의 삶에 무언가 뿌듯한 일 하나 이루어낸다는 의미에서라도 진정한 1등을 꿈꿀 수 있다.

제안왕이 되어라

H은행 지점의 여성 대리는 지난해 300만 원이 넘는 과외 수입과 함께 4박5일의 일본 연수를 다녀왔다. 그녀의 비결은 샘물처럼 솟아나오는 아이디어를 활용한 '지식 재테크'였다. 한 해 200건 제안 활동으로 생산성 향상에 기여를 한 것이다.

H중공업의 조선사업본부에서 근무하는 50대초의 남자 직원. 그는 지난해 하루 평균 3건의 제안서를 제출하는 등 총 1,100여 건의 개선 제안서를 제출, 이 중 876건이 채택되는 성과를 기록했고 그 결과 회사 '제안왕'이 되었다.

직장에서의 제안왕에 대한 대우는 단지 포상으로만 끝나지 않는다. K그룹 비서실장이자 이사인 모씨는 고졸학력으로 생산부서에서 일하던 직원이었다. 그는 제안 활동을 통해 업무직으로 올라온 후 지속적으로 공부하고 노력하면서도 제안 활동을 계속해 초고속 승진을 했고 그 결과 40대 중반에 그룹사의 이사가 되는 영광을 안았다.

적당히 일하다가 시집가면 회사 그만둘 생각을 하고 있는 여성이라면 굳이 권하고 싶지 않다. 하지만 자기 분야에서 최고가 되고 기업의 임원까지 올라서 보겠다는 야망을 가진 사람이라면 남들과 똑같이 직장생활을 할 일이 아니라 조금 더 생각하고 조금 더 부지런하게 움직여가며 사내 문제점, 업무상의 문제점을 찾아내고 이에 대한 개선책을 제안하면 좋지 않을까. 또 자신이 지닌 창의력과 업무 노하우를 바탕으로 새로운 아이디어를 창출해내고 그것을 제안해 보라고 권한다.

포상이나 초고속 승진을 노리라는 얘기만은 아니다. 제안이 받아들여질 경우 사람은 누구나 다 자기 일에서의 만족과 애착을 더욱더 갖게 되고 직장에서의 자신의 존재 가치를 깨닫게 된다. 제안에 적극적인 사람은 적어도 "나는 회사에서 비중있는 사람이 아니다. 그저 하나의 부속품 같은 말단 직원일 뿐이다."라는 생각은 갖지 않을 것이다.

혹자는 제안에 적극적이면 동료들이 시기하거나 잘난 척한다고 비아냥거리지는 않을까 싶어 제안 활동에 수동적일 수밖에 없다는 사람들도 있겠다. 하지만 '구더기 무서워 장 못 담그랴' 는 자신감을 갖고 적극 참여해라. 제안을 하지 못하는 사람, 하지 않는 사람들은 능력이 없거나 게으르기 때문일 것이다. 이 둘 중 하나가 아니라면 자신에게 도움이 되는 일을 왜 하지 않겠는가?

나이에 개의치 말고
배울 수 있으면
배워라

"야! 너는 시집은 언제 가고 학교만 다닐 겨."

친한 후배 중 한 명이 배움에 대한한 누구도 감히 따라갈 수 없을 정도로 열정적이다. 그래서 그녀를 만날 때마다 덕담처럼 놀림처럼 이렇게 말을 하곤 한다.

대학에서 일본어를 전공한 그녀는 졸업 후 일본인 회사에서 2년 정도 근무한 후 아일랜드로 유학을 갔으나 개인적인 사정으로 인해 6개월 만에 돌아와야 했다. 하지만 그녀의 배움에 대한 열정은 그것으로 끝나지 않았다. 귀국 후 6개월 만에 국가에서 운영하는 특수 대학원의 석사 과정에 입학했고 이어서 한국 방송 통신 대학교 영문학과에도 입학을 했다. 국내에서 학교 과정이 다 끝나면 다음은 일본에 가서 박사 과정을 밟을 계획이란다.

그녀의 배움에 대한 욕심은 이 정도만이 아니다. 연극에 관심이 있어서 연극 동아리에 가입하여 연극도 하고, 취재기자 일에 매력을 갖고 있어 학교에 다니면서도 잡지기자로 활동해 용돈과 학비 일부를 충당할 정도다. 무엇이든 관심 있는 분야라면 적극적으로 배우려고 뛰어들어 열정을 불사르는 후배를 보면 "참 대단하다."는 말이 절로 나온다.

보통의 사람들은 주변에서 "너도 공부 좀 더 해보지 그래. 예전에 좋아했던 분야잖아."라고 말하면 "어휴, 이 나이에 무슨 공부를 해. 직장 다니는 것만도 힘에 벅차 죽겠는데."라고 말한다. 또 어떤 이들은 "시간도 없고 돈도 없네요."라며 비현실적인 얘기는 집어치우라는 식이다.

배움에는 나이도 직업도 돈도 그렇게 중요하지 않다. 시간이 없다거나 돈이 없다는 핑계는 통하지도 않는다. 대학을 다닌다 할지라도 방송 통신 대학교를 택한다면 학비는 그야말로 거저먹기다. 사이버대학이 한두 곳이 아니어서 안방에 엎드려서 강의를 들을 수 있는 시대다. 중요한 것은 과연 자신의 마음속에 배우고 싶다는 열정이 있는가 없는가이다.

우연히 인터넷 뉴스에서 눈에 띄는 기사를 본 적이 있다.

평생 교육법에 의해 국내 최초로 초등학교 인정 성인학교가 출범했으며, 이 학교는 4년제 과정으로 운영되며 280명이 입학했다는 소식이다. 관련 사진에서는 입학식에 참석한 늦깎이 학생들이 밝게 웃고 있었다. 머리가 반백이 된 60대 할머니, 할아버지, 그리고 아이들이 시집 장가갈 나이가 된 주름살이 한눈에 드러나는 50대 아줌마들이다. 이들 늦깎이 초등생들의 웃는 사진을 보면서 배움엔 나이가 필요 없음을 다시 한 번 실감했다. 그리고 스스로에게 물었다.

"만일 내가 그들 중 한 사람이었다면 나도 초등학교에 입학을 했을까?"

배움이 중요한 이유는 졸업장이나 명예를 위해서가 아니다. 알고 싶었던 것, 모르고 있는 것 한 가지라도 더 알고 익히기 위해서이다. 출근 전 또는 퇴근 후나 주말을 이용해 자신이 공부하고 싶은 공부를 하면 학원비까지 지급해 주는 기업들이 늘고 있다. 그런데도 불구하고 배우려 하지 않는 이들이 부지기수다.

오죽하면 나이 60이 넘어 손자와 함께 초등학교에 입학을 하겠는가? 배움이란 제때에 하지 않으면 시간이 흐를수록 아쉬움과 미련만 남게 된다. 그리고 여간 열정적이지 않고서는 열 살, 스무 살 아랫사람들과 어울려 공부하기가 어렵다.

언젠가 조카들이 대여섯 모여서 이야기를 하다가 한 말이 기억에서 사라지지 않는다. 아이들은 자신들의 할머니 장례식을 치르고 난 날 밤 고등학교, 대학교에 다니는 조카들 중 누군가가 "우리 할머니는 중학교만 졸업하셨어도 국회의원은 문제없이 하셨을 거야. 정말 여장부인데 너무 어려운 시절에 태어나신 게 안타까워."라고 말하자 나머지 녀석들이 이구동성으로 맞는 말이라고 떠들어댔다.

나 역시 같은 생각을 했었다. 일제시대 농촌에서 태어나 '여자가 학교를 다녀서 뭐해'라는 문화가 지배적이던 환경에서 성장하다 열일곱에 시집을 온 어머니이니 공부는 하고 싶어도 할 수 없었다고 한다.

지금은 조선시대도, 일제시대도, 60년대도 아니다. 열심히 배우려는 사람에게는 남자든 여자든 노인이든 아이든 모두가 박수갈채를 보내는 시대다. 못 다한 공부나 더 해야 할 공부가 있다면 당장이라도 인터넷을 뒤져서 배울 곳을 찾아 나서야 한다. 시간은 늘 기다려주질 않는다.

"직장일이 바빠서.", "나 애 엄마잖아.", "30대에 무슨 공부를." 등등.

이런 핑계를 댄다면 평생 배움의 기회가 왔다가도 그냥 떠나 버릴 것이
다. 일단 일은 저질러야 한다.

남자 직원이 술 사면
밥이라도 사라

야근을 하느라 열받은 날 김대리는 동료 여직원인 최대리와 윤대리에게 호프 한 잔 하자고 했다. 피곤하긴 했지만 쌓인 스트레스가 많아서인지 셋은 회사 근처 호프집에 가서 두어 시간 동안 술을 마셨다. 입사 동기인지라 더치페이를 해도 무관한 자리였지만 김대리는 자신이 먼저 마시자고 했기에 자신이 내야 한다며 10만 원에 달하는 술값을 혼자서 계산했다.

며칠 후 점심 시간, 최대리는 김대리와 윤대리에게 점심을 같이 먹자고 했다. 평소에는 5천 원짜리 점심만 찾아다니던 짠순이 최대리가 이 날은 1인당 1만 원 하는 전골집을 택했고 점심 값은 그녀가 지불했다. 그러자 윤대리가 말했다.

"어머 웬일이야. 절약에 관한한 완벽한 최대리가 이렇게 비싼 점심을 쏘

다니.”

그러자 최대리는 말했다.

“지난번 우리 김대리가 한 턱 냈잖아. 거기에 비하면 싼 거지.”

그후 시간이 지나도 윤대리 입에서는 점심 한 끼 사겠다는 말이 나오질 않았다.

당신은 최대리인가? 아니면 윤대리인가?

남자라고 해서 여자들과 함께 먹은 식사 비용이나 술값을 바가지 쓸 필요는 없다. 하지만 아직도 우리 나라 정서는 여성과 함께 식사나 술자리를 했을 경우 남성들이 계산을 하는 일이 많은 편이다. 하지만 사람의 마음이란 다 한가지다. 자기 돈 쓰고 아깝지 않다고 말하는 사람은 없다. 특히 직장이나 사회 생활에서는 어느 한 사람만이 돈을 쓰게 하는 일은 그다지 좋지 않다. 그렇다고 반드시 더치페이를 해야 한다는 것은 아니다. 다만 사람 사는 정은 상대가 술 샀으면 나는 밥이라도 사는 데서 생겨나는 것이라는 얘기다.

술 한 번 사고 상대 여직원이 밥 한 끼 사기를 기다리는 쪼잔한 남성은 많지 않지만 적어도 최대리와 같은 마음은 갖고 생활해야 한다. 실제로 남자들은 최대리 같은 여직원을 편하게 여기며 인간미가 있다고 느낀다.

연애를 하는 남녀 사이에도 서로 번갈아가며 비용을 지불하거나 일부는 더치페이를 하는 커플들도 있다. 하물며 직장 동료 사이라면 만 원어치 받았을 때 적어도 천 원어치는 베풀 수 있어야 하지 않을까.

“왜 내가 그렇게 해야 돼.”, “내가 사달라고 했어? 자기가 사고 싶어 산 건데.”라고 말하는 사람이라면 아마도 폭넓은 인간관계를 갖는 데 어려움이 따를 것이다. 받기만 하는 사람을 그 누가 좋아하겠는가.

　직장은 세상이라는 넓은 곳의 작은 공간이다. 이 작은 공간에서마저도 나누지 못하고 베풀지 못하고 산다면 넓은 세상을 어떻게 그 많은 사람들을 사랑하고 살 수 있겠는가. 직장이라는 조직에서 직원들로부터 외면당하는 사람은 사회에 나가서도 마찬가지다.

　가족이나 연인이 아닌 이상 서로 큰 부담이 되지 않는 선에서 주고받는 것은 곧 인정이고 서로의 관계를 유지시켜주는 끈이다. 받은 만큼 똑같이 돌려주어야 한다는 건 아니다. 최소한의 성의나 관심의 표시는 필요하다는 것이다. 이런 정감도 없다면 대한민국 땅에서의 직장 생활이나 사회 생활이 뉴욕이나 동경과 다를 바가 뭐 있겠는가?

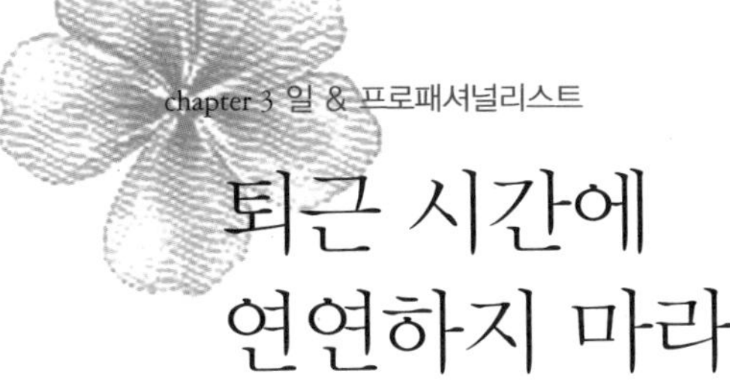

퇴근 시간에
연연하지 마라

"야, 회사 일에 그렇게 충실하다고 보너스 더 준다니. 내 사전에 야근이란 있을 수 없는 일이야. 칼 퇴근이지. 시계바늘 6시에 멈추면 컴퓨터 먼저 꺼버린다고. 과장, 차장 눈치 볼 것 없어. 길들이기 나름이더라고. 처음에는 뭐 급한 일 있냐고 하더라. 그래서 당당하게 말했지 "아뇨."라고. 그 다음부터는 안 물어보더라구. 내가 평생 회사만 다닐 것도 아닌데 과잉 충성할 필요는 없잖아."

"니네 회사하고 우리 회사하고는 분위기가 달라. 칼퇴근 하는 사람은 거의 없어. 부장님 퇴근하면 그때부터 슬슬 가방을 싸지만 그 전에는 힘들어. 다 일하고 있는데 어떻게 나만 빠져나오니. 대신 급한 일 있을 때는 얘기하고 나오는데 그것도 하루 이틀이지."

야근이란 절대 있을 수 없는 일이라고 주장하는 전자나 적당히 눈치보아가며 퇴근한다는 후자 둘 다 모범적인 직장 생활을 하는 사람들이라는 말을 할 수는 없다. 이들이 자기 업무 분야에서 프로이기 때문에 일처리가 완벽하고 그날 할 일이 더 이상 없는 상황이라면 정시 퇴근이란 당연한 일이며 눈치볼 일이 아니다. 하지만 이제 1년이 채 안 되는 새내기 직장인들이 이런 마음가짐으로 일한다면 직장에서의 성공은 물론이고 직장을 떠난 성공도 기대하기 힘들다.

직장인들 중에는 직장 생활을 단지 회사를 위하여 월급을 받기 위하여 일한다고 생각하는 이들이 적지 않다. 이런 생각을 갖고 있다면 더 이상 회사를 다닐 필요가 없다. 돈은 다른 일을 해서도 얼마든지 벌 수 있으며 회사만을 위해 일할 바에야 차라리 자기를 위해 할 수 있는 일을 찾아야 한다.

직장은 자신의 능력을 발휘하는 동시에 자신이 부족한 실무 지식과 경험을 쌓고 더 능력 있는 전문가로 거듭나기 위한 장소다. 자신이 몸담고 있는 회사인데다 회사가 잘 되어야만 자신 역시 월급을 받아가고 발전할 수 있다는 것을 생각한다면 회사에 대한 충성은 당연한 일이다. 회사에 헌신하는 것과 성실하게 최선을 다하여 일하는 것은 차원이 다른 것이다. 그러나 사람들은 종종 자신이 회사에 헌신하고 있다고 생각하거나 회사는 자신에게 헌신을 강요하지만 자신은 거부한다는 입장을 취한다.

우리는 성공한 사람들을 보면서 그들에게서 한 가지 공통점을 발견하게 된다. 그것은 오직 한 분야에서 최하 10년 이상 많게는 30년 넘게 최선을 다한 결과 전문가로 인정받고 해당 분야의 기업을 이끄는 경영자가 되었다는 것이다.

성공한 여성 CEO중 한 사람으로 통하는 이지함 화장품의 김영선 대표
는 어느 인터뷰에서 이런 말을 했다.

"저는 직장 생활하는 동안 회사만을 위해 일한다는 생각을 하지 않았습
니다. 또 내가 회사에 기여하는 것이 회사가 나에게 주는 것보다 크다는 생
각을 해본 적이 없습니다. 회사는 나에게 일을 통해 전문가로 거듭날 수 있
도록 그 장이 되어주면서도 월급을 주었습니다. 경력이 아주 많이 쌓여 베
테랑이 되었을 때라면 몰라도 그 이전까지는 오히려 회사가 나를 위해 주
는 것이 많았다고 생각해요."

회사를 다니면서 실무를 통해 마케팅을 배우고 영업 노하우를 발견할
수 있었으며 좋은 사람들을 만났다는 그녀는 대학 졸업 후 다닌 3곳의 회
사에서 배우고 익힌 실무 지식이 창업을 가능케 했고 우리 나라 대표적인
기능성 화장품 회사의 CEO로 거듭나게 한 것이라고 말했다.

자신이 하는 일을 사랑하고 전문가가 되기 위해 열정을 쌓는 사람은 "회
사가 나에게 주는 것이 별로 없다."고 불만을 늘어놓거나 "내가 왜 회사에
서 야근까지 해가며 충성을 해야 돼."라는 말은 하지 않는다. 같은 부서 다
른 직원들이 다 퇴근을 했는데도 사무실에 혼자 남아 공부를 하고 내일 할
일을 위해 준비를 하는 것은 회사도 회사지만 최종 목적은 자신의 능력과
경력을 더 탄탄하게 쌓기 위한 스스로의 노력인 것이다.

할 일이 없는데 상사의 눈치를 보며 야근을 즐기라는 말이 결코 아니다.
자기 분야의 베테랑이 아닌 이상 능력이 부족한 것은 사실이고 일을 하다
보면 퇴근 시간 내에 다 해결하지 못하는 경우가 많은 게 사실이다. 그러니
필요하다면 퇴근 시간에 상관없이 일을 파고들고 열정을 쏟아야 한다는
것이다.

30년 넘게 일할
직업을 찾아라

"나 직장 그만뒀어. 비전이 안 보이더라고. 우선 당장 생각하면 월급 때문에 그만 두고 싶지 않은데 나이 들면 어차피 퇴사해야 하는데 그때 가서 실업자 되느니 차라리 전문 분야로 나가려고."

"어머 기집애. 나이 서른 살에 뭔 놈의 웹디자인. 여자가 잘 되면 얼마나 잘 된다고 그래. 시집가서 애 키우다 보면 나이 사십 훌쩍 넘을 텐데. 난 능력 있는 남자 만나는 게 더 중요해."

당신은 전자인가? 후자인가?

지금은 21세기다. 독일의 앙겔라 메르켈 총리는 첫 여성 총리로 연임에 성공하여 독일 뿐만 아니라 유럽의 지도자로 우뚝 서고 있고, 미국에서는 빌 클린턴 전대통령의 부인인 상원의원 힐러리가 여성대통령이 되겠다는 야망으로 미국 정치계를 활보하고 있다. 어디 그 뿐인가. 이 땅에서는 전대통령의 딸이자 야당의 총수인 박근혜 대표가 첫 여성 대통령으로 당선되어 리더십을 발휘하고 있다. 그런데도 "난 시집가면 직장 그만둘 거야."라던가 "나는 남편 돈벌어다 주는 걸로 살림이나 하고 싶어."라고 말하는, 이를 테면 "난 능력이 없어."라며 스스로의 한계를 정하는 여성들이 있는 게 사실이다.

여자이기에 아이들 키우고, 남편 보살펴야 하기에 적당히 일하다 결혼하면 그만이란 생각은 1970년대 정서였다. 하지만 21세기는 육아는 부부 공동의 몫이며, 여자이기 전에 한 사람으로서 내가 하고 싶은 일을 하며 살겠다는 여성이 보통의 여성이다.

사람마다 생각은 제각각이다. 그러니 추구하는 인생도 목표도 서로 다를 수밖에 없다. 하지만 한 가지는 같아야 한다. 우리는 남자든 여자든 자신에게 주어진 삶을 살아가는 동안 무엇이든 자신이 좋아하는 일을 선택하여 '한 우물만 파야 한다'는 것이 그것이다.

시대는 달라졌다. 자녀 수는 줄어들고 평균 수명이 길어졌지만 50대 이상의 인력이 마땅히 할 일이 없다. 교사 출신이라면 60이 되어 정년퇴직을 한 후에도 교사 경력을 살려 하다못해 어린이집 이야기 선생님으로 봉사활동을 나서거나 손자 손녀들을 대상으로 공부라도 가르칠 수 있을 것이다. 전문직 종사자였다면 전문가로 활동하면서 사업체나 단체의 장이라도 맡아 이끌어갈 것이다.

하지만 유명 기업체를 다녔던 남성들도 퇴직 후 할 일이 없어 등산이나 낚시를 다니며 시간을 보내는 이들이 한둘이 아닌데 집안에서 살림만 하

던 여성들이야 더더욱 갈 곳도, 할 일도 없는 게 요즘 현실이다. 그렇다고 아직도 기운이 왕성하고 탄탄한 피부를 자랑하는 50대 초중반인데 날마다 이웃집 여자들과 만나 시장 가고 수다나 떨고 계절 바뀔 때마다 관광버스에 몸을 맡기고 놀러 다닐 것인가.

현 시대는 물론이고 미래의 시대는 어느 분야이든 한 분야의 전문가를 원한다. 여덟 가지 재주를 고르게 갖고 있어도 어느 한 분야에서 전문가 소리를 듣지 못하면 그 다양한 재주도 무용지물이 된다. 전문 분야는 어느 분야이든 간에 한 길만 10년 이상 걸으면 먹고 사는데 지장이 없을 만큼 직업적으로 대우를 받기 마련이며 지속해서 경력을 쌓다 보면 관련 사업의 경영자나, 교육자, 실무 전문가로서 사회적인 지위 및 명성까지 얻게 된다. 따라서 나이가 50이든 60이든 나름대로 자신이 일해 온 분야에서 능력을 발휘하게 되며 자신만 손을 놓지 않는 한 영원한 프로패셔널리스트로서 자기 일에서 만족과 영광을 동시에 얻을 수 있을 것이다.

대중가수지만 국민가수로 불리는 이미자, 나훈아, 조용필, 탤런트지만 모든 연기자들이 닮고 싶어 하는 대한민국의 대표적인 연기자로 통하는 최불암, 신구, 김혜자, 고두심, 대한민국 애국가를 작곡한 안익태, 세계적인 지휘자로 활동하는 음악인 정명훈, 한국 문단계를 대표하는 박경리, 이문열, 이청준, 이외수, 박완서 등의 문학인 등등. 이들은 하나같이 한 분야에만 몇십 년씩 빠져서 모든 사람들이 인정하는 전문가로 거듭난 문화 예술계의 프로들로 알려져 있다.

이들이 도중에 10여 년씩 몸 바쳐 노하우와 지식을 쌓아온 자기 직업을 떠나 다른 길을 걸었더라면 오늘날 문화 예술계의 성공한 인물로 인정받을 수 있었을까. 이들에게는 장인 정신이 있는 것이다. 자기가 하고 있는 일에 전념하거나 한 가지 기술에 전공하여 그 일에 정통하려고 하는 철저한 직업 정신이 살아 있는 것이다.

사람만이 아니라 기업도 작은 점포도 마찬가지다. 한 분야에서 오랫동안 발전을 거듭해야만 대외적인 신뢰를 바탕으로 100년이고 200년이고 끊임없이 성장하기 마련이다.

장인 정신 하면 빼놓을 수 없는 일본의 한 제과점이 있다. 1868년부터 영업을 시작한 '기무라야'는 인형 모양의 일본 전통과자를 만드는 가게. 인형과 똑같이 빵을 만드는데 빵이 아니라 인형 같다. 이곳의 빵은 제빵사들이 손으로 직접 만드는데 그날 만든 것은 그날 파는 원칙을 137년째 고수하고 있다고 한다. 우리에게도 이렇게 오래 된 기업이나 점포가 있을까?

여성들이여! 스스로를 여자이기 이전에 한 인간으로서 받아들여야 한다. 그리고 어느 분야든 장인이 되겠다는 생각을 가져야 한다. 만일 이런 직업 정신을 갖고 있지 않는다면 30년 후 40년 후 모습을 떠올려야 한다.

평범한 할머니가 되어 손자 손녀들을 돌봐주는 베이비시터로 하루를 보내거나 아니면 할 일이 없어 경로당 문 앞을 기웃거릴 수밖에 없을 것이다.

✳ 무엇이든 자신이 좋아하는 일을 선택하라

　: 일을 선택할 때는 눈앞의 돈보다는 30년 후, 40년 후를 내다봐야 한다. 그때에도 관련 분야의 일을 할 수 있을 것인지에 대해 고민해 보아라.

✳ 지금의 나이는 잊어버려라

　: 자신이 하고자하는 일을 선택할 때 나이란 숫자에 불과하다. 20대, 30대라면 얼마든지 새로운 일에 도전해도 좋다.

✳ 잘하는 것보다 포기하지 않는 것이 더 중요하다

　: 처음부터 프로가 될 수는 없다. 또 2~3년 내에 전문가 소리를 들을 수는 없다. 때문에 처음부터 잘 하는 능력 있는 사람보다는 도중에 포기하지 않고 한 길을 걷고자하는 인내와 의지가 더 중요하다.

✳ 환경을 탓하지 마라

　: 부모님이 반대하기 때문에, 남자친구가 싫어하는 일이라서, 결혼 후 아이를 갖게 되면 힘들 것 같아서 등등 주변의 상황이나 사람들 때문에 선택을 망설이거나 미루지 마라. 모든 현실은 자신이 대처하고 극복하기 나름이다. 상황이나 사정을 핑계삼다가는 어느 일이든지 맘 편히 할 수 있는 것은 한 가지도 없다.

편견을
두려워하지 마라

직업의 귀천이 없고 여성이라고 해서 도전 못할 직업이 없다고 말할 만큼 모든 직업은 남녀 누구에게나 문을 열어두고 있으며 어느 분야든 한 분야의 전문가만 된다면 그것으로 성공 인물로 인정받는 시대다.

상황은 과거와는 판이하게 바뀌었지만 이공 계열은 여전히 여성들의 진출이 많지 않은 편이다. 국내의 경우 법학, 경영학, 신문방송학, 행정학, 의학 등 사회과학 분야와 법조계, 의학계는 과거에 비해 여성 진출이 눈에 띄게 늘고 있지만 건설, 기계, 금속, 자동차, 항공 등의 분야는 여전히 남성이 절대 다수를 차지하는 분야다. 설령 남성 전유물로 여겨졌던 분야들일지라도 이제는 과학과 정보통신의 발달로 모든 것이 힘에 의해 좌우되는 것이 아니라 첨단과학과 공학에 의해 컴퓨터에 의해 진행되는 만큼 여성들이 진출하지 못할 것도 없다. 하지만 실상은 그렇지 못하다. 이런 현실을 감안할 때 현대 수리 물리학의 창시자 중 한 명으로 손꼽히는 프랑스여성 소피 제르맹은 우리 여성들에게 시사하는 바가 크다.

20세기 초반만 해도 프랑스에서 여성을 받아들인 대학은 손에 꼽힐 정도였고, 1930년대까지 여대생은 5%를 넘지 못했다고 한다. 그러니 19세기는 여성의 학문적 능력이 인정받지 못하던 더욱더 어려운 시기였다. 하지만 소피 제르맹은 이런 편견을 뚫고 놀라운 업적을 쌓은 수학자로서 세계 역사에 기록을 남겼다.

자연과학이 맹위를 떨치던 19세기는 유럽에서도 당시 과학을 주도하고 있었던 사람들은 대부분이 남자들이었다. 여성들은 학문과는 거리가 멀었다. 소피 제르맹 역시 이런 사회적 분위기에서 자유롭지 못했다.

1776년 파리에서 부호의 딸로 태어난 그녀는 성장기에 충분한 교육을 받을 수는 있었지만 수학만은 배울 수가 없었다고 한다. 그 당시 프랑스 사회는 수학처럼 어려운 학문은 여성이 이해할 수 없다는 편견이 있었고, 수학을 배우려는 것은 얌전하지 못한 행동으로 평가됐던 것이었다.

그러나 13살 되던 해, 그녀는 아버지의 서재에서 우연히 '수학의 역사'라는 책을 읽으면서 수학에 빠져들기 시작했다. 소피는 수학을 공부하려는 열망에 불타기 시작했지만 사회적 분위기는 물론이고 아버지마저도 그녀의 이런 결심을 받아들이지 못하고 반대할 뿐이었다. 결국 그녀는 매일 모든 가족들이 잠든 심야에 일어나 남 몰래 수학 공부를 계속하여 혼자 힘으로 미분학까지 공부할 수 있었다고 한다.

사실 소피 제르맹처럼 보수적인 사회의 편견에도 굴하지 않고 한 분야에서 역사적인 인물로 성공하기란 쉽지 않은 일이다. 하지만 지금 우리 사

"여성들이여! 지금까지 해왔던 도전보다 더 적극적인 도전이 필요하다.
편견 따위는 굴러다니는 돌을 발로 걷어차듯 과감하게 날려버려라. 그리고 어느 분야든 도전해라.
남이 하지 않은 분야에 먼저 도전하면 오히려 결과는 더욱 성공적일 것이다."

회는 30~40년 전 지극히 보수적이던 시대에 비해서는 성별에 대한 편견
이 많이 누그러진 상황이다.

이미 많은 남성들이 헤어디자이너, 패션디자이너, 플로리스트 등의 분야
에서 활발하게 일하고 있으며, 여성 못지 않은 능력을 발휘하고 있다. 남성
들은 '금남의 집' 처럼 여겨졌던 분야에 진출하여 성공을 이루고 있는 반
면에 여성들의 '금녀의 세계' 진출은 그렇게 활발하다고 볼 수는 없다.

"여자가 어떻게 이런 분야에." 또는 "하필이면 왜 여자가 이런 일을."이
라며 여전히 직업에 성별의 편견을 가진 이들이 존재하며, 적지 않은 부모
들이 "너는 여자니까 이런 일을 하는 게 좋겠다."는 식의 생각을 지니고 있
는 것이 문제인 듯싶다. 이 세상의 모든 딸들에게 이렇게 말해 주고 싶다.

"여성들이여! 지금까지 해왔던 도전보다 더 적극적인 도전이 필요하다.
편견 따위는 과감하게 날려버려라. 그리고 어느 분야든 도전해라. 남이 하
지 않은 분야에 먼저 도전하면 오히려 결과는 더욱 성공적일 것이다."

조직 관리를 배워라

A와 S라는 여성에게 회사에서 선택의 기회를 부여했다. 둘 다 같은 대리로서 과장 진급을 눈앞에 두고 있는 시점. 회사측에서는 둘 다 과장으로 승진을 시키긴 하지만 둘 중 한 사람은 수도권 한 지역의 지사장으로 발령을 내고, 한 사람은 신규사업팀 팀장으로 일을 해야 된다고 했다. 지사장은 직원 한 명을 데리고 담당 지역 사업 실적 및 마케팅을 담당하면 되지만 신규 사업팀장은 6명이나 되는 직원들을 데리고 해외 출장도 다녀와야 하고 경쟁사의 사업 실태도 분석하는 등 할 일도 많고 직원 관리도 중요한 상황이다. 두 사람의 급여는 회사 규정에 따라 같을 수밖에 없는 입장이다.

그러자 A라는 여성은 자신은 남자 직원들 관리하는 것이 골치 아픈 일이기에 지사장으로 발령을 내달라고 했다. 매사에 적극적인 S는 어떤 쪽을

맡든 상관은 없지만 아랫직원들을 관리하면서 새로운 분야를 개척하면서 보람을 느낄 수 있는 신규사업팀을 맡게 된 것이 오히려 자신에게는 더 잘된 일이라고 했다. 3년 후 두 사람은 어떻게 달라졌을까?

S는 신규사업팀을 성공적으로 이끌어 아랫직원이 30여 명으로 불어나 차장을 뛰어넘고 부장으로 특진을 했으며, A는 차장으로 승진하면서 다시 다른 지역 지사장으로 이동하게 됐다. 회사측으로서는 조직 관리 경험이 없는 A를 30여 명이 넘는 신규사업팀 팀장으로서는 보낼 수 없었고 그렇다고 한때 동료였던 S의 부하직원으로 데려올 수도 없었던 것이다.

우리 나라의 여성 경제인은 전체 경제인의 35.8%에 달하는 것으로 알려졌다. 제조업, 기계건설업, 전자, 금속 등 비교적 규모가 큰 사업 분야의 진출 인원은 아직 적은 편이지만 단, IT 분야의 경우 여성 CEO가 400여 명에 달해 다른 분야에 비해 여사장들의 활약이 눈부신 것으로 보인다. 이들 여성들의 경우 개인적인 업무 능력이나 지식 못지 않게 인정해 줘야 할 것은 바로 조직 관리 능력이다.

혼자서 하는 창작 활동이 아닌 이상 전문 분야에 오랫동안 몸담게 되면 언젠가는 조직을 이끄는 팀장이 되기도 하고 더 나아가서는 독립하여 CEO가 되기도 한다. 혼자서 일할 때야 문제가 되지 않지만 부하직원이 늘어나고 직접 월급을 줘야 하는 입장이 되다 보면 자신의 능력 못지 않게 조직력이 문제가 된다.

조직을 관리하는 능력이 부족할 경우 조직력을 통한 목적 달성은 힘들어진다. 기업의 프로젝트는 조직력에 의해 추진되고 성과가 나오기 때문이다.

조직 관리의 노하우는 전문가의 실무교육을 통해서 얻을 수도 있지만

그보다는 직접 몸으로 체험하면서 얻어지는 노하우가 더 현실적이고 효과
적으로 적용할 수 있다. 따라서 직장 생활 도중 자신에게 조직을 이끌 기회
가 주어지면 피하지 말고 적극적으로 수용해라. 돈을 들여서 공부를 하기
도 하는데 일을 하면서 조직관리 노하우를 쌓을 수 있다면 얼마나 좋은 기
회인가?

또 한 가지 이런 생각은 처음부터 버려야 한다.

여자이기 때문에 남자 직원들은 관리하기가 힘들 거라는 생각이 바로
그것이다. 실제로는 그렇지 않다. 직장은 체력이 강한 사람이 지배하는 뒷
골목이나 사춘기 시절의 학교가 아니다. 남자냐 여자냐가 중요한 것이 아
니라 '판단력, 추진력, 인내력, 리더십 등을 고루 갖추었는가'가 중요할 뿐
이다.

직장 경험이 풍부한 이들 중에는 오히려 이런 말을 하는 이들도 적지
않다.

"남자보다도 여성이 많은 조직을 관리하기가 더 어렵다."

100% 맞는 얘기라고 할 수는 없지만 대체적으로 여성들은 남성들에 비
해 감성이 풍부하고 예민한데다 질투 내지는 경쟁 심리가 강하다.

이런 특성 때문에 흔히 남성보다 여성이 많은 조직을 관리하는 일이 어
렵다는 말이 나오는 듯싶다. 특히 남자가 여성 조직의 리더인 경우가 그
렇다.

메모하는 습관을 가져라

성공한 사람들의 대부분은 자신의 메모를 소중하게 간직한다. 그들은 메모에 그때그때 생각나는 아이디어를 열심히 적어, 10년 이상의 오랜 시간이 흐른 다음에도 그 메모를 꺼내보며 실현 가능성을 타진한다. 메모는 굳이 형식을 갖추어 적을 필요도 없이, 자신만의 방법으로 기술하기 때문에 부담도 없다. 또한 메모는 한계를 지닌 인간의 기억력을 되살리는데 가장 효과적인 매개체이다. 이런 여러 가지 장점 때문에 성공한 사람들은 항시 메모하는 습관을 지니고 있다.

어떤 작가는 잠자는 머리맡에도 반드시 수첩과 필기구를 둔다고 한다. 누워 있는 동안 불현듯 생각한 것이라든지, 꿈속에서 본 좋은 아이디어마저도 놓치고 싶지 않기 때문이라고 한다. 한 경영자는 하루의 많은 시간을 차지하는 차 속에서 편하게 쉬면서 이것저것 끄적거리는 타입이다. 굳이 회사 경영에 관한 것이 아니어도 상관이 없다고 한다. 그리고 다음해 1월 1일, 한 해 동안의 메모들을 꺼내 읽으며 자신이 일 년 동안 얼마나 열심히 살았는지, 잠시라도 게으름을 핀 적은 없었는지 자기 성찰의 시간을 갖는다. 적을 때는 별생각 없이 기록했지만, 시간이 지난 뒤 다시 보면 의외로 좋은 아이디어들을 발견하는 성과를 올리기도 한다.

이미 메모가 중요하다는 사실은 통감하고 있지만, 그 방법을 구체적으로 모르는 사람들도 매우 많다. 간단하게는 수첩이나 다이어리를 이용하는 방법에서 생생한 기록을 위해 음성 녹음이나 동영상 기록까지, 방식은 다양하다. 요즘에는 MP3나 디카폰 등이 일반적이기 때문에 음성이나 동영상 기록 등을 만드는 것도 쉬워졌다. 어떤 방법이든 상관없지만, 메모의 핵심 포인트는 언제 어디서든 기록하는 것이다. 때와 장소를 불문하고 좋은 아이디어가 생각났을 때, 나의 두뇌에서 사라지기 전에 잡아두는 것이다. 그리고 메모 내용 중 중요하다고 생각되는 것은 꼭 강조해두어야 한다. 그래야 나중에 다시 들쳐볼 경우, 쉽고 빠르게 핵심을 파악할 수 있다.

메모는 자신만의 아이디어를 잊지 않기 위해서도 중요하지만, 회의나 세미나 등에서도 이 기술을 유용하게 사용할 수 있다. 세미나에 참석하여 다른 사람의 발표를 멀뚱멀뚱 듣기만 하면 과연 내가 얻을 수 있는 것이 무엇일까? 발표를 청취하면서 그 발표의 핵심 부분을 찾아내 밑줄을 긋고, 그것에 따른 나의 생각 혹은 불현듯 떠오른 아이디어 등을 적어보자. 재미없고 졸리기만 하던 세미나가 더없이 즐거워질 것이다.

비즈니스 아이디어, 회의 및 세미나에서 유용하게 활용할 수 있는 메모. 그럼 일상 생활과는 전혀 동떨어진 것일까? 우리가 어린 시절 일기를 매일

같이 썼듯이 매일의 일상에 대해 작은 메모를 해보면 색다른 느낌이 들 것이다. 일기는 왠지 거창해 보이고 좀 귀찮기도 한 사람에게, 간단하고 마음 내키는 대로 적을 수 있는 메모야말로 제격이다. 이런 메모조차 없다면 자신이 무엇을 하며 하루하루를 살아가는지 모른 채, 마치 시간이 모래마냥 흩어져버린다는 생각을 하게 될 것이다. 내가 지금 의미 있는 삶을 살아가고 있다는 것을 증명하기 위해서라도 최소한의 메모는 필요하다.

"하루하루가 얼마나 바쁜데 메모할 시간이 어디 있어요? 차 안에서는 모자란 잠 보충해야지, 잠깐 쉬는 시간에는 동료 직원들과 커피마시며 담소라도 나눠야지, 도대체가 시간이 없어요."

이런 생각을 하는 사람들은 스스로에게 '정말 나에게 단 10분의 시간도 없을까?' 라는 반문을 해보자. 지하철에서 스포츠만화를 보면서 킬킬거릴 때, 친구와 연예인이나 화장품 이야기로 시간을 보낼 때, 1분씩이라도 할애해서 메모를 해보는 것이 어떨까? 메모는 결코 부담스럽지도, 거추장스럽지도 않은 우리 생활의 활력소이자 아이디어의 보고임을 잊지 말자.

스스로를 수시로 업그레이드시켜라

서양 속담에 이런 말이 있다.

"A rolling stone gathers no moss."

'구르는 돌은 이끼가 끼지 않는다'는 이 말은 학창시절 선생님들로부터 자주 듣던 말로 '흐르는 물은 썩지 않는다'는 것과도 같은 뜻을 지니고 있다. 자기 자신을 보다 더 나은 사람으로 발전시키고 성숙시키기 위해서는 끊임없이 노력하라는 의미다.

요즘 들어서는 주5일 근무시대를 맞이하여 직장인들이 자기 계발에 나섰다거나 아침저녁 학원가에 직장인들이 몰려든다는 말을 들을 때마다 이 속담을 생각하게 된다. 그리고 스스로에게 묻게 된다.

"남들은 저렇게 피 터지게 자기 발전을 위해 노력하고 있는데 과연 나는 지금 무엇을 하고 있는가?" 내지는 "일이 바쁘다는 핑계로 스스로를 게으르게 만들고 있는 건 아닌가."라고.

우리 시대는 시시각각 변화하고 그 변화에 척척 발을 맞추지 못하면 남보다 뒤떨어지는 게 현실이다. 10년 전이다. 그때까지만 해도 잡지사에서는 원고지에 원고를 써서 제출하면 오퍼레이터겸 편집디자이너인 직원들이 원고를 타이핑하여 편집을 하곤 했기 때문에 컴퓨터와는 친하게 지내지 않아도 얼마든지 원고를 처리할 수 있었다. 하지만 프리랜서가 되면서 상황이 달라졌다.

잡지 사보에 원고를 기고하게 되었는데 잡지사들은 하나같이 디스켓에 원고를 담아오라고 주문했다. 어쩌겠는가. 소위 '독수리 타법'이라고 말하는 손가락 두 개를 이용한 타법으로 A4용지 한 장에 200자 원고지 8매 분량을 타이핑하는데 소요되는 시간이 2시간 이상씩 걸렸던 것 같다. 그러니 원고 40매를 작성하기 위해서는 10시간은 족히 걸려야 했다. 그나마 타이핑한 원고를 날리지만 않아도 다행인 적이 한두 번이 아니다. 저장키를 누르지 않아 몇 시간씩 애써 써놓은 원고를 키보드의 키 하나 잘못 건드려 한순간에 날리는 일이 비일비재했으니 처음 1년간은 이루 말할 수 없는 고생을 해야 했다. "컴퓨터를 미리 배워놓았더라면 최소한 이 같은 문제는 발생하지 않았을 텐데."하며 한숨을 쉰 적이 한두 번이 아니다.

후배들에게 이런 애기를 하면 답답하고 참 바보 같은 선배라는 식의 표정으로 보거나 일부는 "초등학생도 하는 워드작업을 못하면 어떡합니까."라며 나무라기 일쑤였다. 요즘 들어서 그때가 종종 생각나는 경우가 있다. 문자 메시지를 엉뚱한 사람에게 보냈다거나 받침도 다 빼먹고 보냈을 때 또 후배들에게 한소리 듣곤 한다.

"286세대는 어쩔 수 없다니까."

변하지 않으면 살아남을 수 없는 게 현대 사회의 화두다. 급할 것 없다며 뒷짐 지고 있으면 그 순간에 다른 사람들은 이미 1킬로미터 앞을 걷고 있는 게 현실이다. 변화에 대응하는 것은 자신에게 부족한 것을 꾸준히 보완해 나가는 일이다. 바로 업그레이드다.

사회는 5년 전의 우리를 더 이상 필요로 하지 않는다. 출판사나 잡지사 예를 들어보면 이렇다. 5년 전에는 담당자들이 일거리를 주면서 이렇게 해오라고 지시했다. 하지만 지금은 달라졌다. 테마나 대충의 줄기만 알려준 후 그에 대한 상세한 목차와 샘플을 기획해 오라고 말한다. 그런 후에 구체적인 작업에 들어가도록 한다. 아니면 먼저 아이디어를 내놓고 그 가운데 자신들과 맞는 것을 선택하여 다시 구체적인 업무 지시로 이어간다. 내 일처럼 내가 나서서 아이디어를 내고 기획을 하고 심혈을 기울여 샘플을 만들지 않으면 더 이상 거래처들로부터 일을 수주하지 못한다. 때문에 나름대로 기획력을 길러왔고 아이디어 발굴을 위해 허구한 날 메모장에 무언가를 써내려가지 않으면 안 되었다.

직장인, 프리랜서, 자영업자, 예술가, CEO 그 누구라 할지라도 늘 같은 모습으로 있는 것은 삶이 정체된 거나 다름없고 비전이 보이지 않는 것이다. 건강, 더 높은 수준의 전문지식, 새로운 정보, 업무에 필요한 기본기 등은 스스로 알아서 하나둘씩 쌓아가야 한다. 지금 당장 필요하지 않다 할지라도 1년 후, 2년 후에는 반드시 필요한 것들이 있다.

사람들 중에는 이렇게 말하는 이들이 있다.

"지금 사는 것도 정신없는데 뭘 미리 준비해. 그때 가서 필요하면 해도 늦지 않아."

그렇지 않다. 막상 내가 필요할 때 필요한 무기가 준비되어 있어야 한다. 그때 가서 준비하다가는 늦어도 한참 늦게 대응하게 되므로 최고가 되고 성공을 하는 일은 좀처럼 어려울 것이다.

스스로를 변화시키는 일, 그것은 자신을 업그레이드시키는 것이고 나아가서는 남보다 한발 앞서가는 것이며 새로운 세계를 개척해나가는 것이다.

변화를 꿈꾸고 있는 당신이라면, 깡마른 몸매에 짧은 머리를 한 자존심으로 똘똘 뭉친 여자 '표현의 자유'를 실천으로 옮긴 그녀를 한 번쯤 생각해 보는 것도 좋다. 여성들을 코르셋으로부터 해방시켰으며 바지를 입혔고 천박하게 여기던 검정색을 가장 고급스러운 색으로 올려놓은 여자. 여자들의 삶에 일대 변혁을 주었던 패션디자이너 코코 샤넬을.

chapter 4

여가 & 생활 패턴

아무리 일이 좋다 한들 돈이 펑펑 쏟아진다한들
휴식 없이 일만 하며 살 수 있을까? 인간은 기계가 아니다.
재충전과 건강을 위해서는 적당한 휴식과 건강 관리가 필수다.
또한 자신이 즐거움을 찾을 수 있는 것을 찾아
그 속에 취하고 즐거움을 만끽하는 것은 매우 바람직한 일이다.
같은 시간을 쉬더라도 알차게 활용하고
같은 곳으로 여행을 가더라도 더 많은 것을 얻을 수 있어야 한다.
여가시간을 잘 보내는 사람과 그렇지 못한 사람의 차이는
건강을 비롯한 모든 면에서 분명하게 드러난다.
일외의 시간을 어떻게 활용할까?

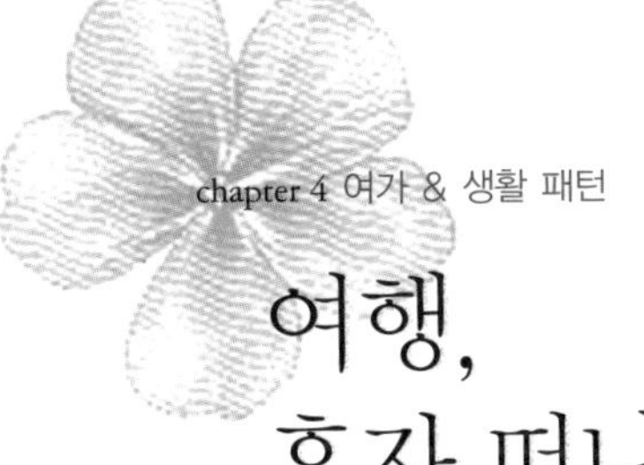

여행,
혼자 떠나라

여행은 사람을 성장시킨다고 한다. 여름방학을 이용해 외국여행을 다녀온 대학생 후배가 평소답지 않게 갑자기 진지하고 어른스러운 말을 하거나 초등학생인 아들이 외할머니 댁에 가서 10여 일 동안 놀다 온 후로는 어른들을 보면 인사를 잘 하는 모습에서 우리는 "여행을 하고 오더니 애가 달라졌네."라고 말하곤 한다.

아마도 여행 기간 중 자신이 접하지 못했던 새로운 세계에서 많은 것을 보고 듣고 느끼고 또 생각했기 때문일 것이다. 책을 통해서 얻을 수 없는 것도 여행에서는 현장 체험 또는 보고 듣는 것을 통해 얻을 수 있는, 바로 이런 이유에서다.

여행이 소중한 이유는 또 있다. 여행을 자주 다닌 사람과 그렇지 않은 사람 사이에서는 쉽게 느껴지는 것들이 있는데 그것은 다름 아닌 여행을 자주 다닌 사람은 다방면에서 아는 것이 많다는 것과 마음의 여유가 있다는 것이다. 또 어느 한쪽에만 치우쳐서 편견이 심한 모습을 볼 수 없다는 것이다. 물론 여행을 많이 한다고 해서 모든 사람들이 이 같은 몇 가지 요건을 충족시키고 있는 것은 아니지만 대체적으로 그러한 것 같다.

여행이 갖고 있는 삶의 도움이 되는 그 무언가를 얻게 된다는 점 때문인지 아니면 여행은 휴식이라는 생각을 갖는 이들이 많아서인지 여행을 싫어하는 사람은 없다. 문제는 떠나고 싶어도 떠나지 못하는 이들이 부지기수라는 것. 그리고 그들의 대답은 한결같이 시간적 또는 경제적 여유가 없다는 것이다.

이유야 어찌 되었든 여행은 떠날 수 있으면 떠나는 것이 좋다. 특히 건강이 든든한 무기이자 재산인 젊은 시절일수록 가능한 한 자주 그리고 다양한 곳으로 떠나는 것이 좋다.

이쯤에서 여행과 관련하여 던지고 싶은 질문 한 가지는 "왜 혼자서 떠나지 못하는가?"이다. 나이와 성별을 떠나서 혼자서는 절대로 여행을 떠나지 않는 사람들이 있다. 그들은 국내여행이든 해외여행이든 혼자서는 떠나지 않으려 한다. "혼자서 무슨 재미로 여행을 가. 청승맞게."라던가 "이 나이에 돈 들여가며 혼자서 고독 씹을 일 있어?"라고 말한다. 또 여성들 중에는 "여자가 어떻게 혼자서 여행을 다녀. 무슨 일이라도 당하면……." 하며 마치 혼자 여행 떠나는 사람들이 이상한 사람인 것처럼 말하는 이도 있다.

우리 나라 단체여행객들의 일반적인 모습을 상상해 보라. 50대 동갑계 아주머니들. 관광버스에 올라타서 10분도 못 가서 운전기사에게 디스코메들리 주문하고 나면 한두 사람씩 일어서서 차내 통로로 나와 박수치고 춤

추며 그렇게 여행을 떠난다. 목적지에 도착하면 볼거리를 보는 것보다도 더 관심 있는 것은 '어디 가서 어떤 음식을 먹을까' 또 '어떤 기념품을 살까'이다.

패키지 해외여행을 떠나는 젊은층이라고 뭐 다를 게 있을까? 비행기에 탑승하면 착륙할 때까지 옆 친구와 수다떠느라 입국 신고서 작성하는 것도 잊고 있다가 허겁지겁하기 일쑤고 가는 곳마다 정작 볼 것은 둘째고 먼저 사진 찍는 데에 몰두한다.

한번쯤 생각해 볼 일이다. 우리는 왜 여행을 떠나는가에 대해서. 먹고 마시고 떠들고 놀기 위해서인가. 아니면 괜찮은 외제품 한두 가지 사고 사진 찍으려고 가는 것인가.

여행이란 공부를 하러 가는 것은 아니지만 그렇다고 마냥 놀고 즐기기 위해서만 떠나는 것은 아닌 것이다. 마음의 여유를 갖고 큰 두 눈으로 보고, 열린 두 귀로 듣고, 넓은 가슴으로 느끼며, 머리로 생각하는 시간을 갖는 일이다. 휴식 또한 그중 일부분이 된다. 유럽인들이 휴식을 취하려고 아름다운 비치로 한 달씩 여름휴가를 떠나는 것과 지금 말하는 여행은 분명 다른 것으로 받아들여야 할 것이다.

여행 전문가 한비야씨가 생각난다. 사람들은 그녀에게서 그녀는 작지만 강한 여자, 어떤 상황에서도 두려움이 없는 여자, 한 치의 실수도 허락하지 않을 것 같은 철저한 여자라는 느낌을 갖게 된다고 한다. 10여 년 전 한비야씨는 각종 매체의 인터뷰 대상자였고 새로운 뉴스거리를 제공해 주는 친절한 정보원이었다. 당시 그녀는 다국적 홍보회사의 차장이었다. 많은 사람들이 인터뷰나 취재를 통해 그녀에게서 느낀 것은 빈틈이 없고 부지런한 사람이라는 것. 그것은 정확한 느낌이었던 것 같다. 그녀 특유의 부지런함과 신속함, 그리고 정확함이 오늘 그녀를 지구를 서너 바퀴는 돈 여행 전문가로 거듭나게 하지 않았을까 싶다. 그녀는 '오지여행가' 에서 '긴급 구호 활동가' 로 바뀌었다. 지구촌 난민 현장을 찾아가 구호활동을 폈다. 어느 날 매스컴을 통해 그녀가 '긴급구호활동가' 로 소개된 것에 대해 놀라지 않았다. 속으로 그랬다. '역시 한비야 그녀답다' 라고 했다.

여행가들은 말한다. "떠나는 것은 그래도 잃는 것보다 얻는 것이 많다."고. 더 많은 것을 얻으려면 이제부터는 혼자 떠나야 한다. 혼자라는 외로움과 낯선 곳의 두려움, 그리고 알 수 없는 고독마저도 즐길 수 있을 만큼 혼자 떠나는 것에 익숙해질 때 우리는 자신도 모르는 사이에 한 뼘 더 성장해 있지 않을까.

사회 봉사 활동에 참여해라

밀라드 풀러(Millard Fuller)라는 한 미국인 변호사가 있었다. 가난하지만 독실한 그리스도인이었던 그는 벤처기업을 일으켜 20대 후반에 이미 백만 장자가 되었다. 그런 그에게 위기의 순간이 다가왔다.

그의 아내가 어느 날 "돈만 추구하는 의미 없는 삶을 더 이상 살 수 없다."며 별거를 요구해 온 것이다. 하나님과 아내를 극진히 사랑했던 그는 가정의 위기를 맞자 새롭고 의미 있는 삶을 찾게 되었고, 1965년 결국 전 재산을 팔아 가난한 사람들에게 나누어 주고, 1973년 밀라드 풀러 부부는 아프리카 자이레로 가서 가난한 흑인들을 위해 집을 지어주기 시작했다.

이를 계기로 해비타트 운동이 시작되었고, 1976년에 오늘날의 국제해비타트(Habitat for Humanity International)가 창설되었다. 오늘날 세계 곳곳에서

26분마다 1채의 해비타트 주택이 지어지고 있고, 2005년에는 200,000번째 주택이 탄생했으며, 이로써 1백만 명의 무주택자들이 새로운 보금자리에서 삶의 희망을 되찾게 된다고 한다.

한 사람이 하는 봉사와 수천 명이 함께 참여하는 봉사는 그 결과면에서 엄청난 차이를 보여준다. 언제 뜻하지 않은 재난과 질병으로 인해 고통 받게 될지 모른다. 만일 그런 일이 우리들 누군가에게 다가온다면 우리는 분명 남의 도움을 받게 될 것이다. 그렇다면 답은 이미 나온 셈이다. 우리는 살아가는 동안에 남을 도울 수 있다면 돕고 살아야 한다는 것이다.

어느 날 여러 사람이 모인 자리에서 누군가가 "가까운 불우이웃을 도웁시다. 힘과 시간이 있다면 봉사를 실천합시다."라고 말했다.

이 말을 들은 사람들의 반응은 제각각일 것이다. A는 "내가 당장 돈 없고 집 없어 힘들어 죽을 지경인데 누굴 돕는다는 것은 미친 짓이다."고 자신의 처지를 내세울 것이며, 또 B는 "봉사활동을 하긴 해야 하는데 생각만 있을 뿐 막상 실천하기가 어렵네."라며 생각을 행동으로 옮기지 못하는 자기 자신을 부끄러워 할 것이다. 어디 이들뿐이겠는가. C는 "잘 살고 못 사는 건 다 자기 노력하기 나름이야. 자기들이 노력 덜 해서 못 사는 걸 왜 피땀 흘려 일한 내가 도와줘야 돼. 어림도 없는 일이야."라며 돕거나 봉사하는 일을 강 건너 불 보듯 무관심할 수도 있다. 이들 어느 누구도 사회로부터 비난받지 않는다. 법치주의 국가에서 남에게 피해 안주고 살면 되는 일이니 당연한 것이다. 대한민국은 민주주의 국가다. 남을 돕고 싶지 않으면 돕지 않아도 된다.

그렇다면 이제 반대로 생각해 보자. A, B, C 이들 세 사람 모두 허리케인 카트리나의 피해를 입은 미국 뉴올리언스 시민들처럼 당장 끼니를 해결하기 힘든 입장이 되었다. 분명 이들도 누군가로부터 식량, 생필품, 주택 등의 지원을 받게 될 것이다. 그 지원은 익명의 기부자와 국적도 다른 자원봉사자들이 있기에 가능한 것 아닌가.

사람은 자신이 힘든 입장, 어려운 입장이 되어 보지 않으면 자신과 다른 세상의 사람들에 대해 쉽게 이해하려고 하지 않으며 사랑이나 봉사를 실천하려고 하지 않는 편이다. 오죽하면 '과부 사정은 홀아비가 알아준다' 는 말이 있지 않은가.

지금까지 이웃돕기나 봉사에 무관심했던 사람이라면 '사람이 꽃보다 아름답다' 는 말을 되새겨 보아야 한다.

인간에게는 눈, 코, 귀, 입 외에도 생각하는 머리와 말하지 않아도 느끼는 뜨거운 가슴이 있다. 오늘 내가 배부르다고 해서 늘 배부르고 따뜻하게 살 거라는 담보는 없다. 인재는 막을 수 있어도 천재인 거대한 자연의 힘 앞에서 인간은 아주 작은 존재일 뿐이다.

사랑과 봉사를 실천하는 사람들의 대다수는 이렇게 말한다.

"우리는 사랑이나 봉사에 대해서 많은 생각을 하지 않습니다. 그냥 내가 돕고 싶어서 내가 하고 싶은 일이어서 할 뿐입니다. 이유나 결과는 그다지 중요하지 않습니다. 눈 앞에 보이고 귀로 들리니 뛰어들었을 뿐입니다."

하지만 남을 돕고 봉사를 하고 싶은 마음은 있지만 실천하지 못하는 사람들이 주로 하는 말은 이렇다

"하긴 해야 되는데 시간이 없어서……."

아주 구차한 변명으로 밖에는 들리지 않는다. 시간은 만들기 나름이다. 봉사와 사랑을 실천하는 사람들 그 누구도 할 일이 없어서 그 일에 참여하는 것은 결코 아니라는 사실을 알아야 한다.

* 자신이 어떻게 어려운 이들을 도울 수 있는지 진지하게 그 방법을 생각해 보라. 반드시 돈, 시간, 힘이 있어야만 도울 수 있다는 생각은 버려라. 방법은 찾으면 부지기수다.

* 시간을 쪼개라. 잠자는 시간을 줄이고, 쇼핑과 수다 떠는 시간을 줄이면 봉사활동에 참여할 수 있는 시간은 얼마든지 만들 수 있다.

* 내 욕심을 다 채우고서는 도울 수가 없다. 인간의 욕심은 끝이 없다. 1억이 생기면 3억 만들고 싶은 게 욕심이다. 경제적으로 여유가 있다고 해서 남을 도울 수 있는 것은 아니다. 한 달에 50만 원을 버는 사람도 자기보다 어려운 이웃을 돕는 사람은 단 만 원, 2만 원을 떼어내서라도 남을 돕는다.

남을 돕는 일에 핑계나 자존심 따위는 버려라

남을 돕고자 할 때는 마음의 준비가 먼저 돼 있어야 한다. 아무리 돕고 싶은 생각이 있다 할지라도 행동으로 옮길 수 있는 마음의 준비가 되어 있지 않으면 할 수 없는 일이 바로 어려운 이들을 돕는 일이다.

"난 빨래는 손목이 아파서 못해. 게다가 똥 오줌을 싼 옷들을 어떻게 빨아."

"어휴 난 냄새는 못 참거든. 양로원에 가면 노인들 냄새가 보통이 아닐 텐데 어떻게 참아."

"가서 가져간 선물 주고 인사 정도나 하고 오는 건 몰라도 그 애들하고 어떻게 놀아줘. 게다가 말도 제대로 못한다면서."

고아원, 양로원, 재활원 등에 봉사를 가겠다는 사람들이 막상 코앞에 닥치면 이렇게 걱정을 하거나 '나는 못한다'고 발뺌을 하는 이들이 적지 않다. 이런 부류의 사람들은 절대로 남을 돕는 일에 참여할 수가 없다.

나 먹을 것 다 먹고 남는 것으로 성금 내고 시간과 힘 안 들이고 말이나 돈으로만 돕고 싶은 사람들, 자존심이나 지위를 내세워가며 고상하게 우아하게 봉사활동 하려는 사람들이 바로 그들이다.

남을 돕고자할 때는 내가 가진 것을 나누고 내 힘과 시간을 나누고 내가 어떤 사람이라는 자존심이나 허울 따위는 잊고서 참여해야 한다. 그러지 않으면 진정한 도움을 줄 수가 없다. 힘들고 어려운 이들에게 진정으로 필요한 것은 열린 마음이고 몸으로 보여주는 실천인 것이다.

신사임당은 율곡 이이의 어머니이자 조선 시대 모범적인 여인상으로 잘 알려져 있지만 그녀는 시, 글씨, 그림 등 온갖 예술에 능했던 조선 시대 대표적인 여류 예술가이기도 했다. 신사임당은 글이나 그림 어느 쪽에서도 부족함이 없을 정도로 그 실력이 뛰어났으나 자신의 실력을 함부로 뽐내거나 자랑하지 않았는데 이런 그녀와 관련해 훈훈한 일화가 있다.

어느 날 잔칫집에 초대받은 신사임당은 그곳에 온 여인들과 이야기를 나누고 있었는데 마침 국을 나르던 하녀가 한 여인의 치맛자락에 걸려 넘어졌고 여인의 치마는 다 젖고 말았다. 여인은 가난한 사람이었기에 다른 사람에게 새 옷을 빌려 입고 왔는데 그만 그 옷을 버렸으니 난감한 노릇이었다. 여인이 한없이 걱정을 하자 신사임당은 자신이 해결해 볼테니 여인에게 치마를 벗어달라고 했다.

여인이 옷을 벗어주자 신사임당은 붓을 들고 치마에 그림을 그렸다. 얼룩져 묻어 있었던 국물 자국은 신사임당의 붓이 지나갈 때마다 포도송이와 잎사귀가 되어 한 폭의 아름다운 수채화가 되었다. 신사임당은 여인에게 그 치마를 시장에 내다 팔면 새 치마를 살 돈은 충분히 생길 것이라고 했다. 신사임당의 말대로 여인은 시장에 나가 그 치마를 팔아 새 비단 치마를 몇 벌이나 살 수 있는 돈이 마련되었던 것이다.

사임당은 그녀의 그림을 사려는 이들은 많았으나 결코 그림을 팔아 돈을 만들지는 않았다고 한다. 하지만 여인의 딱한 사정을 눈으로 보고서는 자신의 자존심을 버리고 그림을 그려주고 팔게 했던 것이다.

진정으로 누군가를 도울 생각이 있다면 재물이든 자존심이든 일단 버리지 않으면 불가능한 것이다. 테레사 수녀가 일평생을 가난하고 힘든 이들을 찾아다니며 그들을 돕고 그들을 위해 살 수 있었던 것은 자신을 버렸기 때문에 가능했다.

만일 누군가를 돕고 싶은 생각이라면 테레사 수녀처럼 일평생을 헌신하지는 못할지라도 한 달에 한 번, 일 년에 한 번만이라도 돕는 그 순간만큼은 자신을 버리고 뛰어들어야 할 일이다.

누구도 흉내낼 수 없는
자신만의 개성을
만들어라

"너는 100미터 전방에서 걸어와도 금방 안다니까. 한겨울에도 카키색 마이 입는 사람은 너 밖에 없고 늘 고개는 실연당한 여자처럼 땅만 쳐다보며 걸어오니까."

"기획실 최과장님 개성 정말 독특하더라. 그 웃는 듯하면서도 날카로운 눈은 거의 카리스마처럼 느껴진다니까. 게다가 지나칠 때 자기 아랫사람일지라도 반드시 고개 숙여 인사하면서 절대 반말은 하지 않잖아. 미스 최가 그러는데, 화가 나도 반말하는 법이 없대. 예를 들면 "미스 최 계산이 이런 식으로 되면 어떻게 해요. 다시 하세요."라고 말한다잖아."

　보통사람들과는 좀 다른 구석을 가진 사람을 우리는 흔히 개성이 있는 사람, 개성이 강한 사람이라고 말한다.

　개성을 드러내주는 것은 다양하다. 말투, 패션, 걸음걸이, 인상, 제스처 등 어느 한 가지만이라도 남들과 다르게 독특하게 보여진다면 그는 개성 있는 사람으로 통하게 된다. 또 그 개성이 아주 강하게 드러나서 누가 보아도 한눈에 느낄 수 있다면 개성이 강한 사람이라는 꼬리표를 달게 된다.

　개성은 한 사람의 상징 또는 캐릭터라고 볼 수 있다. 따라서 그것이 좋고 나쁘고를 따질 필요 없이 개성 그 자체만으로 다른 사람들의 관심과 시선을 집중시킨다.

　제품이든 기업이든 평범한 것보다는 독특하고 차별화된 것이 대중에게 기억되고 선호되는 것처럼 사람도 남과는 무언가 다른 구석이 있는, 이를테면 개성 있는 사람이 어딜 가든지 환영받고 인기를 끈다. 물론 개성이 지나쳐 거만함이나 무례함으로 이어진다면 문제가 되겠지만 다른 이들에게 불쾌감이나 피해를 주지 않는다면 개성은 분명 없는 것보다 있는 것이 훨씬 자신의 주가를 올려주는 역할을 하게 된다.

　대체적으로 개성이 있는 사람들은 다른 사람들을 즐겁게 해준다. 말 한마디, 남이 흉내낼 수 없는 표정이나 제스처는 다른 이들의 시선을 주목시키는 동시에 사람들에게 신선함과 즐거움을 안겨준다.

　현대사회는 광고 홍보의 시대다. 사람도 자기 스스로를 많은 이들에게 알려야만 남보다 빠른 성공이 가능하고 비즈니스맨이라면 홍보는 성공의 필수 조건이 된다. 그렇다면 모든 일이나 상황에서 개성이 있는 사람이 개성이 없는 평범한 사람보다 한결 유리한 입장인 것이 분명하다.

　또 개성은 '끼'와 하나가 되어 직업으로 이어지기도 한다. 특히 유명 연예인들이나 대중 스타들이 그렇다. 유명 강사 정덕희씨나 방송인 최유라 씨의 예를 들어보자.

보통사람의 말투나 목소리와는 전혀 다른 조금은 교양 있는 척, 우아스러운 척하는 말투와 약간 톤이 높은 정덕희씨의 목소리는 톡톡 튄다. 자칫하면 "너무 튄다."는 소리를 들을 수도 있으나 남들은 쉽게 흉내낼 수 없는 말을 아주 편안하게 쏟아 놓는 그 자체가 오히려 웃음을 자아내게 하고 친근감으로 이어진다.

최유라씨의 '끼' 가 절절 넘치는 애교스러운 목소리나 말투는 예쁜 척하는 목소리로 들릴 수도 있으나 말하는 속도를 빠르게 함으로써 조금은 수다스럽지만 정 많은 이웃집 아줌마 같은 정겨운 목소리로 변한다. 그녀의 목소리를 듣는 순간 너무 편안하고 정겨워서 사람들은 그녀의 애기 속으로 빠져들게 된다.

이 두 사람의 경우 남다른 말투와 목소리가 각각 서로 다른 분야에서 대중의 인기를 얻으면서 유명인으로 인정받게 하는 데 큰 몫을 하고 있는 게 사실이다.

'개성' 하면 방송계에서는 유명 가수 패티김을 빼놓을 수 없을 것이다. 그녀는 굳이 말을 하거나 노래를 부르지 않아도 얼굴과 의상에서부터 서구적 세련된 이미지와 남다른 뭔가 빈틈이 없는 듯한 자신감과 강렬함이 번져 나온다. 게다가 말 한 마디 한 마디가 부드럽지는 않지만 흐트러짐이 없어 그녀를 기억하는 사람들은 '강하고 세련미 넘치는 여인' 이라고 말한다.

한편 개성은 사람마다 다 제각각 나타나므로 특정 유형이 있는 것도 아니다. 때문에 생활 속에서 또 어떤 새로운 사람을 만났을 때 그로부터 얼마든지 새로운 개성을 느낄 수 있다. 특히 개성은 자연스럽게 나타나는 것이라는 점에서 즐거움과 신선함외에도 편안함을 준다. 결국 그 편안함은 인간관계를 잇는 끈이 되는 것이다. 때문에 연예인이나 유명인이 아닐지라도 개성이 강한 사람 주변에는 늘 사람이 넘쳐난다.

그렇다면 과연 당신의 개성은 무엇인가? 아직도 발견하지 못했다면 스스로 찾아내 보자. 분명 한 가지는 있을 것이다. 그것은 사람들이 당신을 좋아하게 되는 데 큰 매력으로 작용했을 것이다.

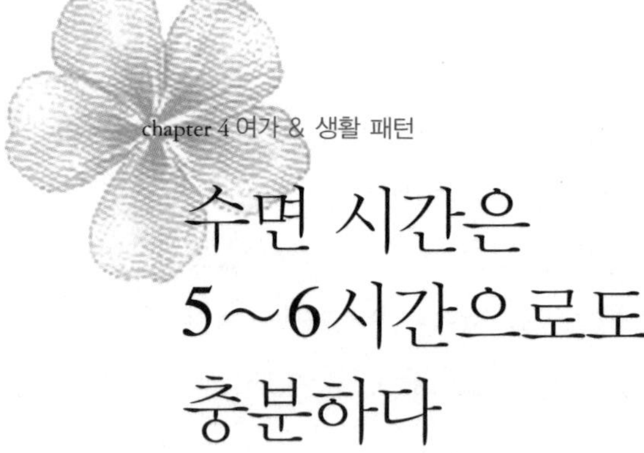

수면 시간은
5~6시간으로도
충분하다

"미인(美人)은 잠꾸러기래요."

광고 카피에도 자주 쓰이고 여성들이 흔히 하는 말 중 하나다.

얼굴만 미인이면 세상살이 아무 걱정 안 해도 되는 걸까. 그건 아닐 것이다. 말하기 좋아하는 사람들이 하는 말일 뿐이다. 사회활동을 하는 여성들 중 잠꾸러기처럼 자연히 눈이 떠질 때까지 맘 편하게 잠자고 사는 사람들이 과연 몇이나 될까? 게다가 수면을 충분히 취하고 스트레스 받지 않고 피부 관리에 신경을 쓰면 누군들 고운 피부, 백옥처럼 아름다운 피부를 만들지 못하겠는가?

우리는 가상이 아닌 현실에 살고 있다. 때문에 한가하게 피부나 가꾸며

잠 많이 자며 살아간다는 것은 미모에만 목숨 거는 특별한 여자(?)들의 얘기인 것이다.

보통 여성의 수면 시간은 몇 시간이나 될까?

한 조사 결과에 따르면 우리 나라 20, 30대 직장 여성들의 74.5%는 7시 30분 이전에 일어나서 하루를 시작하며, 이 중 17.9%에 해당하는 사람이 오전 6시 30분 이전에 일어나 출근 준비를 하는 것으로 나타났다. 취침 시간은 24.6%가 오후 11시 30분쯤에는 잠이 들어 있다고 응답해 평균 수면 시간이 8시간 이상인 사람은 적은 편으로 나타났다. 오전 12시 30분 이후에 잔다고 응답한 사람들도 34.1%에 되는 것으로 보아 평균 6시간에서 7시간 정도를 자고 있는 것으로 보인다.

의학적으로 20, 30대의 경우 수면 시간은 5~6시간만 자도 충분하다고 한다. 물론 환자나 불면증이 있는 사람이라면 다르겠지만 활동을 많이 해야 하는 젊은 시절이라면 수면은 6시간 정도면 충분하다는 생각이다.

만일 당신이 "나는 하루 7시간 이상은 자야 돼. 미인은 잠꾸러기라잖아."라고 말하는 주인공이라면 생각을 바꿔볼 일이다. 7~8시간 수면을 취하는 사람의 경우 아침 운동, 퇴근 후 자기 계발 및 독서, 인간관계를 위한 만남, 취미생활 등 현대인에게 일 외에 기본적으로 필요한 몇 가지 중 수면 때문에 한두 가지는 포기해야 할지 모른다. 특히 독서나 아침 운동은 꿈꾸기 힘들 것이다.

옛말에 '일찍 일어나는 새가 먹을 것도 많다' 고 했다. 5~6시간만 자고 아침 일찍 일어나 하늘을 보고 숨을 쉴 때의 상쾌한 기분은 그 무엇과도 바꿀 수가 없다는 것은 느껴본 사람만이 알 것이다. 가볍게 조깅이나 산책 또는 운동을 하고 샤워를 하고 출근 준비를 하는 내내 처음의 상쾌함은 계속

이어진다. 이어서 하루를 어떻게 그려 갈 것인지 그 밑그림이 그려지고 조금은 여유를 갖고 시작하는 그 하루는 시작부터가 활기차고 즐겁다.

나이 드신 분들 중에서는 이런 말을 하는 분들이 많다.

"죽으면 영원히 잠만 잘 텐데 무슨 잠을 그리 많이 자려고 하는가? 살아 있는 동안 숨쉬는 시간이 아까워서라도 잠을 많이 잘 수가 없다."

잠들지 않고 깨어 있는 시간이 많을수록 하고 싶은 것도 많아지고 그만큼 수확도 풍성해진다.

여성들이여! 더 이상 '미인은 잠꾸러기'라는 말에 빠져들지 마라. 젊은 날엔 할 일도, 만날 사람도, 볼 것도, 느낄 것도, 그리고 먹을 것도 너무나 많지 않은가?

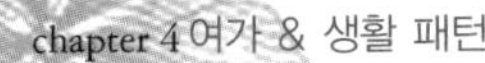

스포츠 한두 가지는
반드시 즐겨라

2013년도 여자 골프 3개 메이저대회를 석권한 박인비의 퍼팅 모습을 볼 때, 그리고 류현진·추신수 선수가 해외에서 활약하는 모습을 볼 때 우리는 흥분과 감동의 도가니로 빠져든다. 넘치는 힘, 스릴과 긴장을 느끼게 되는 스포츠는 직접 하지 않고 보는 것만으로도 힘이 생겨나는가 하면 극도의 짜릿한 쾌감을 갖게 한다. 이 같은 스포츠의 매력을 직접 느끼는 것은 우리가 일상에서 누릴 수 있는 즐거움과 기쁨 중의 하나다.

우리 나라 사람들은 흔히들 이렇게 말한다.

살이 좀 찐 듯한 사람에게는 "어머, 너 운동 좀 해야겠다. 몸매가 그게 뭐니."라고 말하지만 반대로 말랐거나 스탠더드인 사람에게는 "얘 거기서 운동 더하면 안 돼. 지금이 딱 좋으니까 더 빼려고 그러지 마."라고 말한다. 운동을 살빼기 위한 하나의 방법으로 여기는 사람들이 적지 않다는 것이다. 최근 들어 '몸짱'이라는 말이 유행어로 등장하면서 적지 않은 사람들이 헬스클럽과 휘트니스센터로 몰려들고 있다. 적당히 근육 있고 늘씬한 몸매를 만들어 보겠다는 것이다. 이러다 대한민국 사람들 너도 나도 할 것 없이 모두가 몸짱인 시대가 오면 그때 가서는 거꾸로 뚱보가 인기를 끌게 되는 건 아닌지 걱정스러울 정도로 살빼기와 근육 만들기에 열광하고 있다.

운동을 한다고 해서 순식간에 체중이 줄어들지 않는다. 아무리 꾸준히 운동을 한다 하더라도 사람에 따라서는 체중의 변화가 전혀 없는 경우도 있다. 다시 말해 운동과 다이어트는 구분되어야 한다는 것이다. 마치 운동을 다이어트의 지름길로 여긴다면 몸매가 좋은 사람은 굳이 운동을 하지 않아도 될 것이며 그런 자신을 과시하는 사이에 자신도 모르게 체력이 약해져 질병과 싸우는 일이 생길지도 모른다.

운동은 다이어트가 아니다. 운동은 현재의 체력을 유지해 주거나 좀더 활력있게 만들어주는 역할을 하며 운동을 하는 순간 정신적 즐거움을 주는 한편 운동을 마쳤을 때는 만족감도 갖게 해준다.

아침마다 걷기운동을 해보라. 30~40분씩 일주일에 4~5일은 걷기운동을 즐기듯이 하는 것이 좋다. 하지만 아침에 하는 걷기운동은 삶의 활력을 주는 비타민 같은 역할을 한다. 이른 아침 신선한 공기를 마시며 빠르게 걷다 보면 등줄기와 이마로 땀이 흘러내린다. 그 순간 몸이 가벼워지는 것을 느끼면서 즐거운 기분으로 바뀌게 된다. 뭔가 좋은 일이 있을 것만 같은 예감이 들고 오늘도 아침부터 꼭 해야 할 한 가지를 했다는 만족감과 어떤 일이든 내 앞에 주어지는 일은 할 수 있다는 자신감이 생긴다. 이 때문에 체중 감량의 효과가 없다 할지라도 아침의 걷기운동은 하루 한 알 비타민을 먹는 것보다 훨씬 더 다양한 이점을 안겨준다.

운동을 하지 않는 이들에게 운동을 해야 되지 않겠느냐고 말하면 십중 팔구는 시간 없다는 것을 핑계로 내세운다. 또 일부는 마땅한 헬스클럽이 집이나 직장 가까이에 없어서 하지 못한다고 말한다.

운동은 헬스클럽이나 휘트니스센터에서만 하는 것이 아니다. 시간과 장소 상관없이 마음만 먹으면 언제든지 어디서든지 할 수 있다. 운동은 언제 어디서 어떤 운동을 하느냐보다도 얼마나 지속적으로 할 수 있는가가 중요하다.

전문가들은 운동은 1회 30분에서 한 시간 정도씩 1주일에 3~4회 정도 하는 것이 가장 좋다고 한다. 반드시 매일같이 운동을 해야만 되는 것은 아니다. 또 격렬한 운동이 아닌 걷기, 등산, 줄넘기와 같은 운동도 다른 운동 못지 않게 효과는 크므로 운동 앞에서 고민할 것은 아무것도 없다.

먼저 시작해라. 아무것도 정한 것이 없다면 일단 아파트단지 몇 바퀴 도는 것부터 시작해도 좋다. 그것만으로도 운동은 충분히 되기 때문이다. 매일 일정한 시간에 운동하는 습관이 자리를 잡으면 그때 가서 자신이 하고 싶은 운동이나 자신의 건강과 관련된 운동을 선택하고 계획하여 하면 될 일이다. 우리는 직업선수가 아니기 때문에 우리 스스로만 만족스럽고 즐거우면 그것만으로 충분한 것이다.

이렇게 해보자

＊ 함께할 파트너가 있다면 끌어들여라

: 식사나 영화보기는 혼자서도 얼마든지 가능하지만 운동은 혼자서 꾸준히 한다는 게 쉽지 않다. 운동 하지 않는다고 해서 배고픈 것처럼 괴로운 것도 아니고 수입이나 그 어떤 것과 특별히 연관되지 않기 때문이다. 이를 테면 강제성이나 책임감이 덜하다는 것이다. 순전히 자신의 의지력에 달려 있기 때문에 도중에 그만두기 쉽다. 가족이나 주변 사람들 중 함께 운동하는 파트너를 찾으면 더욱 좋지만 없다면 스스로의 인내력을 기른다고 생각하고 이것저것 생각하지 말고 일단 시작해라.

＊ 준비에 유난을 떨지 마라

: 휘트니스센터를 등록하고 트레이닝복을 구입하며 트리이닝 코치를 고르는 등 야단법석을 피우지 않아도 운동은 얼마든지 할 수 있다. 준비에 시간과 열정을 쏟는 사이에 정작 중요한 운동에 대한 열정은 도망갈지도 모른다.

＊ 쉬고 싶을 땐 하지 마라

: 아플 때나 피곤할 때는 하루 이틀쯤 운동을 쉬어도 좋다. 운동은 지나치게 무리하면 오히려 역효과를 가져온다. 따라서 운동을 하더라도 하루 한 시간 이상 하는 것은 피하는 게 좋다. 체력 소모가 크면 정작 해야 할 일을 할 때 피곤해서 능력 발휘를 하지 못한다.

＊ 운동 후에는 반드시 샤워해라

: 계절에 상관없이 운동을 한 후에 샤워를 하는 것은 몸을 한결 가볍게 해준다. 설령 땀이 많이 나지 않았다 할지라도 간단한 샤워는 기분을 상쾌하게 해주고 몸에 생기를 불어넣는다.

수다 떠는 시간을 줄여라

　'여자이기 때문에', '남자이기 때문에' 라는 말을 하는 것은 촌스러운 말로 들릴 정도로 어떤 일이나 상황을 설명함에 있어서 성별을 운운하는 것은 시대착오적인 발상이라는 욕을 얻어먹기 십상이다.

　하지만 적어도 이 점만큼은 남성에 비해 여성이 더 많은 시간을 허비한다는 데 이의를 제기할 사람이 많지 않을 것이다. 우리가 흔히 말하는 '수다' 가 그렇다. 물론 여성들 중에서도 말을 아끼고 대화를 즐기지 않는 이들은 수다에서 예외겠지만 일반적으로 여성은 남성에 비해 수다 떠는 시간이 많은 게 사실이다.

　수다는 특별한 목적 없이 이런저런 이야기를 늘어놓거나 반드시 필요하지 않은 말인데도 불구하고 고주알미주알 말을 많이 하는 것을 말한다. 남자들도 여러 사람이 한자리에 모이면 수다를 떤다. 하지만 여자들은 여러 사람이 모일 때나 단 둘이 있을 때나 남자들에 비해 말을 많이 한다. 특히 요즘 들어서는 휴대전화 사용의 대중화로 휴대전화를 통해 수다를 떠는 여성들을 주변에서 쉽게 목격하게 된다. 심지어는 수다 때문에 부부 간, 애인 간 말다툼이 일어나는 일도 발생한다.

집에 있는 아내에게 급히 전할 말이 있어 남편이 전화를 했는데 30분이 지나고 한 시간이 다 되어도 전화는 여전히 통화중이다. 이쯤 되면 남편은 화가 나기 시작한다. 그러다 통화가 되면 좋은 말이 나올 리 없다.

"대체 누구와 전화를 한 거야. 내가 몇 번을 걸었는지 알아?"

"응, 잠깐 언니하고 통화했어. 뭐 그런 걸 갖고 화를 내고 그래. 당신도 집에 있어 봐. 그나마 전화 통화라도 해야지 덜 답답하지."

아내는 자신의 장시간 전화 통화가 당연하며 일상적이라는 듯 말한다. 보통 남편이라면 더 이상 말싸움하기를 꺼린다. 당연해 하는 아내에게 무슨 말을 하겠는가. 한 마디 더하면 부부싸움이 될 수밖에 없으니.

연인 사이에도 여성측의 장시간 전화 통화 때문에 옥신각신 말다툼을 하는 일은 비일비재하다. 퇴근 후 만나서 영화 보자는 말을 하려고 여러 차례 전화를 했지만 애인의 핸드폰은 계속해서 통화중일 뿐이다. 퇴근시간이 다 돼서야 통화가 이루어졌고 영화 티켓은 이미 매진된 후다. 남자로서는 짜증이 나기 마련이다.

"니네 회사는 그렇게 오랫동안 전화 통화해도 뭐라고 안 하니? 내가 몇 번을 했는지 알아? 사십분 동안 열 번은 더 했을 거야. 정말……."

"흥, 기가 막혀. 아니 나는 뭐 허구한 날 자기 전화만 기다리고 살아야 되나. 왜 짜증을 내는데. 내가 뭐 딴 남자하고 전화라도 했니. 고등학교 때 친구가 오랜만에 전화 와서 좀 길어졌어. 왜."

여자는 당연하다는 것이고 남자는 좀처럼 이해가 되질 않는다는 눈치다. 이처럼 장시간 통화로 인한 애인이나 남편의 짜증을 덜어주기 위해서가 아니라 수다는 분명 길어서 좋을 것은 없는 것 같다. 5분이면 해야 할 말을 다 할 수 있는데 30분 동안 대화를 나누었다고 치자. 이런 식의 전화를 하루에 네 통화를 했다면 한 시간이라는 시간을 낭비하는 것이며 전화비 또한 하늘에서 돈이 떨어지는 게 아니니 시간적 경제적 낭비임엔 틀림이 없다.

지하철을 타고 출퇴근을 하는 직장여성이라고 치자. 출근 시간 40분 넘게 앉아 있는 것이 지루해 남자 친구와 10분, 전 직장 동료와 20분 동안 전화를 했다. 점심 시간에 또 30분 정도 친구와 수다를 떨었고, 퇴근 후에는 애인 만나러 가는 동안 20분, 애인하고 헤어져 집에 가는 동안 30분 그렇게 전화로 수다를 떨었다. 전화할 때마다 3분씩만 통화했다면 15분에 끝났을 통화를 장장 110분 동안 통화한 셈이니 한 시간 35분의 시간을 허비한 셈이다. 이 시간 동안 독서를 했더라면 얼마나 유익했을까.

수다를 떠는 당사자들은 소리 없이 버려지는 이런 시간적 낭비를 알면서도 당장 그 계산이 눈앞의 현실로 보이지는 않기에 습관을 바꿔보겠다는 생각은 하지 않는다. 남자들이 담배 피우고 술 마시며 버리는 시간에 비하면 수다는 오히려 건전하게 스트레스를 풀고 가까운 사람들과 정을 나누는 일이라고 반박한다.

여성들이여! 인정할 건 인정하자. 적당한 수다는 건강에도 좋다지만 지

나친 수다는 젊은 날의 황금 같은 시간을 앗아갈 뿐이라는 사실을. 수다 떠
는 시간을 3분의 1로만 줄이고 자신에게 꼭 필요한 독서를 즐긴다면 일 주
일에 책 한 권 읽는 것은 충분히 가능하지 않을까.

유행은
스스로 창조해라

우리 옛말에 '남이 장에 가니까 나도 따라 간다' 는 말이 있다. 남이 하니까 앞뒤 생각도 해보지 않고 무작정 따라 하는 사람들이 한둘이 아니다. 특히 유행에 관한 한 그 정도는 심한 편이어서 탤런트 누구의 목걸이나 치마가 유행한다 싶으면 너도 나도 할 것 없이 그 유행을 따른다. 특히 유행에 민감한 10대나 여성들에게서 자주 찾아볼 수 있는 일이다.

이 때문에 액세서리나 의류디자이너들은 드라마나 쇼프로그램을 통해 연예인들의 패션 스타일을 주의 깊게 관찰하고 그 속에서 유행을 이끌 만한 아이템을 찾아내 유행을 퍼뜨리는 역할을 한다.

10대나 여성들이 유행에 민감한 것은 비단 우리 나라 사람들에만 국한된 것은 아닐 것이다. 일본, 미국, 프랑스 등의 선진외국 역시 유행은 누군가에 의해서 탄생하며 그것은 대중들의 따라잡기 붐을 타고 민들레 홀씨처럼 사방으로 퍼져나간다. 어쩌면 인간의 심리에는 다분히 유행을 따라잡고자 하는, 그래서 자신도 다른 이들과 같은 대열에 합류함으로써 충족감이나 안정을 찾는 것이 아닌가 싶다.

누구나 한두 번쯤은 유행의 파도에 휩쓸려 동시대를 살아가는 젊은이임을 느끼는 것도 그다지 나쁘지 않다. 그러나 늘 '유행'이라는 무지개를 따라가다 보면 자신에 대한 색깔 내지는 개성이 없어진다. 또 시간적, 경제적으로 소모적인 일일 뿐 크게 얻어지는 것이라곤 없다. 그럼에도 불구하고 적지 않은 여성들이 유행 그 패션의 사슬에서 빠져나오지 못하는 게 사실이다.

한 중소기업 여직원들의 일상을 들여다보자.

스물두 살 동갑나기인 경리과 김연희와 오경선은 휴게실에서 커피를 마시며 구내 식당에서 밥을 먹으면서 대화를 자주 나누곤 한다.

"언제 샀어? 오늘 아침 방송에도 탤런트 ○○○가 그 옷 입고 나왔는데 되게 이쁘더라."

"어머 얘. 나한테도 얘기 좀 하지. 난 너하고 같이 가려고 했는데. 그 신발 너무 깜찍하지 않아? 볼수록 괜찮은 거 있지."

그녀들의 옷장에는 입을 옷이 널려 있고 신발장에 신발이 가득 차 있는데도 뭐가 유행한다 싶으면 따라하고 싶은 것이다. 마치 제때에 따라하지 않으면 스스로 뭔가 부족하다는 것을 느낄 만큼 그녀들은 유행이라는 녀석을 추종한다. 이런 그녀들의 마음은 쓸 만한 욕심이 아닌 단지 허영심일 뿐이다.

그러나 자재과의 최윤미는 다르다. 그녀는 유행을 따라가질 않는다. 아무리 유행하는 옷이나 액세서리라 할지라도 그녀의 관심을 사로잡지 못한다. 하지만 직원들은 늘 그녀를 볼 때마다 "어디서 샀어? 너무 괜찮다."라던가 "최윤미씨는 정말 패션 스타일이 세련됐어. 언제 봐도 멋져요."라며 칭찬한다. 3년 전 입었던 롱스커트를 잘라 통바지를 만들어 입고 10년도 넘었다는 엄마의 가죽점퍼로 스커트를 만들어 입었을 뿐인데 보는 사람들은 그녀의 패션스타일을 보고 격찬한다.

윤미씨가 패션에서 중시 여기는 것은 자신의 체형에 맞는 스타일의 옷과 컬러다. 그리고 조화다. 장롱 속에 깊이 숨어 있던 옷들도 다시 꺼내서 다른 옷들과 매치시켜 입으면 사람들은 어디서 구입했느냐고 물을 정도로 그녀만의 패션 감각은 돋보인다.

우리 주변에는 이런 사람들이 더러 있다. 사람들은 그녀들에게 "너는 뭘 입어도 개성 있고 멋있어."라고 말한다.

얼굴이 특별히 미인인 것도 아니고 늘 새 옷만 입는 것도 아니다. 그렇다고 몸매가 모델 수준으로 늘씬한 것은 더더욱 아니다. 그녀들은 스스로의 개성을 살려 남들과는 뭔가 다른 차별화된 모습을 보여줌으로써 유행을 창조하고 자신만의 패션 스타일을 갖고 있기 때문이다.

이렇게 해보자

* 유행을 따라가지 마라.

* 자신의 체형에 맞는 스타일의 옷을 입어라.

* 옷의 컬러와 화장 피부색을 적절히 조화시켜라.

* 많은 이들이 입는 브랜드 의류보다는 보세 의류나 개성있는 옷을 찾아라.

* 상하의 컬러의 조화에 헤어스타일, 액세서리를 연출해라.

식물과
친해져라

매일 아침 물을 주다가 하루라도 거르게 되면 이튿날은 영락없이 풀이
죽은 얼굴을 한다. 중간 중간에 새로운 먹을 거라도 주면 하루가 다르게
키가 큰다. 어찌 보면 매우 진실하며 정직하고 다른 한편으로는 마치 여우
같다는 느낌이다. 반응이 너무도 빠르게 나타나기 때문이다. 하지만 절대
사람을 배신하는 일이란 없다. 정성을 들이고 관심을 쏟으면 그에 대한 보
답은 확실하게 한다. 거센 비바람에도 버티어내는 생명력은 참으로 대단
하다.

사람의 얘기가 아니다. 어떤 것이든 한 번만이라도 식물을 키워본 사람
이라면 공감이 갈 것이다. 콘크리트 벽으로 둘러싸인 도시생활에 지쳐가
는 현대인들은 인위적인 방법을 써서라도 어떻게든 식물을 가까이에 두려

고 한다. 푸른 줄기와 입을 보고 꽃을 보면서 조금씩 성장하는 식물들은 보는 것 그 자체만으로도 마음의 평온과 신선함을 주기 때문이다. 꽃을 화려하게 피워내는 식물일 경우에는 피어나는 꽃만으로도 그 신비로움에 감동하게 되며 향기까지 난다면 형언할 수 없는 기쁨과 만족을 느끼게 된다. 식물을 통해서 느끼는 감동 중에서도 가장 큰 것은 다름 아닌 받은 만큼 돌려주는 진실함과 늘 푸른 얼굴로 대하는 싱그러움일 것이다.

동물과 식물 어느 것이든 함께 있어서 나쁠 건 없다. 단 그것들을 키우고 보살피는 과정에서 동물은 식물에 비해 경제적 부담이 더하고 더 많은 관리가 필요하기 때문에 시간적 여유가 그다지 많지 않은 직장인이라면 식물이 더 유리하다는 생각이다. 특히 독신여성일 경우 어떤 이들은 가족처럼 살갑게 대하는 동물을 권하지만 식물을 추천하고 싶다. 주인이 올 때까지 온종일 혼자서 보내야 하는 동물들의 외로움을 감안한다면 물과 햇빛, 그리고 바람을 친구삼아 자라나는 식물은 외로움없이 즐겁게 잘 자라기 때문이다.

식물과 친해지다 보면 처음에는 꽃나무나 관상수를 키우다가 야채도 키우고 싶은 욕심이 생기게 된다. 야채를 키우는데 반드시 넓은 공간이 필요한 것은 아니다. 아파트 베란다나 단독 주택의 옥상에서도 야채는 얼마든지 키울 수 있다. 과일이나 생선을 담았던 스티로폼 빈 상자나 쓰다 버리게 되는 플라스틱류 용기 두세 개만 있어도 상치, 고추, 토마토 등은 얼마든지 키워서 열매를 수확할 수가 있다.

야채를 키우고자할 때는 용기와 흙을 확보한 후 가까운 화원을 찾아가 계절에 맞는 모종을 구입하여 심으면 손쉽게 키울 수 있다. 햇빛, 물, 공기만 있으면 식물은 어디서든 잘 자란다. 중요한 것은 애정이다. 물을 자주 주고 벌레를 잡아주는 일 정도는 신경을 써야 한다. 또 집 안에서 야채를 다듬고 남은 쓰레기나 계란 껍질, 원두커피를 거른 후 남은 찌꺼기 등은 거름으로 활용하면 쓰레기도 줄이고 식물도 잘 자라서 일거양득이다.

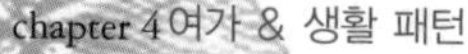

애인보다 더 매력적인 취미 생활 한 가지는 필요하다

유과장이 허주임과 송대리에게 물었다. 취미 생활이 무엇이냐고. 그리고 일요일에는 주로 무얼 하냐고.

그러자 30대 초반의 유부남인 허주임이 하는 말은 처량하고 쓸쓸하기 그지없다.

"뭔 놈의 취미 생활요. 시간도 없고요. 돈도 없습니다. 시간 없기는 휴일도 마찬가집니다. 모처럼만에 늦잠 자고 아이들과 목욕탕 갔다 오기 바쁜데요."

독신 여성인 송대리는 어떨까?

"특별히 취미 같은 건 없어요. 시간 나면 영화도 보고 가끔씩은 여행도 가고 그래요."

송대리의 대답을 듣고 나니 의외로 싱겁다. 화려한 싱글이라서 뭔가 특별한 취미생활이라도 즐길 것만 같았는데 그게 아닌 것이다.

우리 나라 직장인들의 절반 이상이 허주임과 송대리 같지 않을까 싶다.

특별히 음악을 좋아해서 평일에도 일찍 귀가하면 음악 감상을 즐기고, 휴일에는 콘서트를 가거나 아니면 벼룩시장에 가서 요즘 보기 드문 LP판을 수집한다면 이 사람이야말로 자기만의 취미 생활을 갖고 있는 것이다. 음악이나 여행, 등산, 요리 등등 대체적으로 많은 사람들이 즐기는 취미 생활이 아니어도 좋다. 취미 생활은 일과는 다르게 자신이 좋아하는 어떤 것에 흥미를 갖고 그것을 즐기면서 동시에 여가를 만끽하는 일이기도 하다.

늘 일에 파묻혀 살아가는 젊음도 아름답다. 추구하는 목적이 정확하며 노력한 만큼 언젠가는 큰 결실이 다가올 것이기 때문이다. 다만 삶의 여유를 조금이라도 찾으면서 자신의 인생을 풍성하게 만들기 위해서는 취미 생활을 갖는 것이 좋다.

기혼자에게 취미는 생활의 비타민 같은 것이 될 수도 있다. 일에서 지치고 배우자와 자녀를 챙기느라 자기 것은 잃고 사는 이들이 적지 않다. 사람에 따라서는 피곤함과 책임감을 잠시도 버릴 수 없는 일상이 되고 만다. 이런 기혼자들에게 일주일에 단 5시간, 아니 한 시간만이라도 자신이 좋아하는 것에 몰두하여 빠져들 수 있다면 그것은 엄청난 삶의 에너지가 된다. 이를 테면 토요일이나 일요일 중 하루 정도는 주말농장에 가서 자신이 애지중지하는 야채를 가꾸고 그 속에서 보람을 찾는 것이 그렇다.

기혼자가 아닌 독신자라면 취미 생활은 더더욱 중요하다. 독신자가 취미 생활을 즐길 경우 그는 퇴근 후 또는 주말을 알차게 활용하는 동시에 세상의 각종 유혹으로부터 자신을 지키는 방패가 되며 고독이나 외로움으로부터 자유로울 수도 있다. 독신 여성으로 36세인 S씨의 취미는 사진 촬영이다. 그녀는 주말 이틀의 휴일 중 하루 정도는 여기저기를 찾아다니면서 사진 촬영을 즐긴다. 혼자서 가기도 하지만 때로는 동호회 회원들과 함께 사진 촬영을 하면서 직장에서 동료들과 느끼는 것과는 또 다른 인간 관계의 즐거움도 얻게 될 것이다. 평일에는 일주일에 한두 번 정도 창고를 비우고 마련한 암실에서 휴일에 찍은 사진작품에 대한 작업을 하게 된다.

취미가 없어 휴일이면 친구와 쇼핑을 즐기거나 시내의 카페에서 술잔을 기울이는 것보다는 시간을 훨씬 알차고 가치 있게 보내는 일이며 하는 일 없이 집에서 낮잠을 자고 빈둥대면서 고독 타령(?)이나 하는 사람과는 비교할 수 없을 만큼 유익한 삶을 살아가는 게 아닐까.

취미 생활과 관련하여 우리가 반드시 한 가지 알아야 하는 것이 있다면 그것은 '부지런하지 않으면 안 된다'는 것이다. 어떤 종류의 취미를 즐기냐 하는 것은 그다지 중요하지 않다. 취미 생활을 시작하려는 이가 꼭 알아야 할 것은 부지런하게 움직여야만 취미를 즐길 수 있고 그 속에서 시간을 쪼개서 쓰는 지혜를 알게 된다는 것이다.

또 한 가지 사실. 취미 생활에 빠져 마니아가 되면 때로는 애인보다도 취미 생활이 더 중요시 여겨질 정도로 자신만의 취미가 소중하게 된다.

스크린에 빼앗기는 시간을 줄여라

평일

오후 6시 반 퇴근 → 7시 친구 만나 저녁 → 9시 집에 도착 → 9시부터 10시까지 예능 토크 쇼 등 골라 보기 → 10시부터 11시까지 K방송 미니시리즈 시청(월, 화), (수, 목은 S방송 특별드라마 시청) → 11시 반 취침

토요일

오전 10시부터 11시 영화 소식 프로그램 → 11부터 12시 연예인 예체능 프로그램 → 12시부터 오후 7시 여고동창 만나 밥 먹고 차 마시고 영화 한 편 보고 7시에 헤어짐 → 8시 도착. 9시까지 K방송 주말연속극 , 9시부터 10시까지 S방송 주말연속극, 10시부터 새벽 2시까지 인터넷 채팅과 게임

일요일

오전 10시부터 12시까지 엄마하고 시장보기 → 12시부터 2시까지 얼굴에 팩하기 → 4시부터 7시까지 친구와 쇼핑 → 8시 도착 . 9시까지 K방송 주말연속극, 9시부터 10시까지 S방송 주말연속극, 11시에 취침.

"당신은 일주일에 TV 시청과 영화, 인터넷게임과 채팅 등에 쓰는 시간이 몇 시간 되십니까?"

이런 질문을 받았을 때 10시간이 넘는다고 한다면 분명 스크린에 과다한 시간을 낭비하는 것이다. 하지만 국내 20대, 30대들 중에는 위의 어느 직장 여성처럼 20시간 이상을 스크린에 바치는 이들도 적지 않다. 여성들은 TV 드라마에, 남성들은 컴퓨터 게임에 지나치게 많은 시간을 쏟고 있는 게 사실이다.

영화, TV, 컴퓨터게임, 채팅 등은 문화나 예술로서의 가치도 있지만 요즘시대 대중오락의 주요 줄기라는 것에 이의를 달 사람이 없을 것이다. 수많은 젊은이들이 일명 '스크린'으로 불리는 영상매체에 빠져 있는 게 현실이기 때문이다. 하지만 젊은시절 이 같은 매체들에 너무 많은 시간을 빼앗기다 보면 정작 해야 할 중요한 일을 하지 못하게 된다는 것이 문제다. 관련 분야의 직업인이 아니라면 스크린 속으로 사라져가는 시간들을 줄이고 그로 인해 절약된 시간들을 독서, 비즈니스, 자기 공부 등 보다 가치 있는 일에 쏟아야 한다.

스크린과 아주 결별하라는 것은 아니다. 꼭 보고 싶은 영화나 드라마는 보는 것이 좋을 것이다. 가끔씩 친구와 채팅이나 게임을 즐기는 것도 의미 있는 일이다. 다만 너무 깊숙이 빠져들지 말아야 한다.

특히 드라마에 빠지는 사람들은 누굴 만나든 화제를 그것으로 이끌어가곤 한다. 드라마의 경우 같은 주인공들이 지속적으로 출연하여 이야기를 펼쳐나가는 연속성 때문에 시청자는 그 속에 빠져들기 쉽고 그들을 마치 실존 인물처럼 여기면서 생활 속 대화에까지 끌고 들어가는 것이다.

"어제 봤어? ○○○ 연기 너무 잘하더라. 침대에서 몸을 날려서 남편을 이단옆차기로 쓰러뜨리는데 정말이지 장난 아니었다니까."

"어머 정말 그랬어. 남편이 △△△이잖아. 저번에 보니까 바람피우더니 결국 들통 났구먼. 바람피는 인간들은 다 죽여야 한다니까. 나중에 내 남편이 바람피면 난 그 꼴 못 봐. 당장 갈라서야지 뭐. 맘 떠나고 몸 떠난 남자 붙들고 울어야 뭔 소용 있냐."

마치 주변 사람의 이야기처럼 아주 생생하고 진지하게, 그리고 감정까지 이입된 드라마 마니아가 된 여성들의 이 같은 대화는 버스나 지하철 안에서 심심찮게 듣게 된다. 점심 시간 사내 식당에서도 마찬가지다.

드라마를 즐겨 본다고 해서 그 사람의 인생이 잘못 된다거나 문제가 있다는 것은 아니다. 중요한 것은 우리에게 주어진 젊은 날의 시간은 한번 가면 다시 돌아오지 않는다는 것이다. 드라마는 일정 기간 동안 방영되다가 끝난다. 그것은 어찌 보면 우리들이 살아가며 경험하고 느끼는 단편적인 것들을 재연해 주는 것뿐이다. 그러니 반드시 그것을 보지 않는다고 해서 문제될 것이 없다. 정말 하고 싶은 일에 시간을 투자하려면 스크린으로 빼앗기는 시간의 일부는 이제부터라도 잘 붙잡아야 되지 않을까 싶다.

일상 생활에서 사람들은 누구나 다 이것도 해보고 싶고 저것도 건드려 보고 싶어 한다. 인간이기 때문에 욕심도 생기고 남의 떡이 커 보이기도 하는 것이다. 하지만 두 마리 토끼, 세 마리 토끼를 동시에 잡기란 쉽지 않은

법이다. 한 마리 토끼만이라도 제대로 잡으려면 한 가지만이라도 충실해야 된다.

언젠가 기술고시 수석합격을 한 한 여대생을 인터뷰한 적이 있었다. 그녀는 비교적 남들에 비해 짧은 시간 동안 관련 공부를 했다. 하지만 공부하는 동안은 오로지 공부에만 미쳐 있었다고 한다. 걷기운동을 하고 캠퍼스 내에서 이동을 하면서도 늘 테입을 들으면서 다녔다고 했다. 시간이 중요한 게 아니라 얼마나 정신을 집중하느냐에 따라 성패는 좌우되는 것이 아닌가 싶다.

만일 지금 당신이 승진 시험 준비를 한다면, 어학 실력을 쌓기 위해 영어 공부를 한다면, 아니 회사에서 직무 관련 전문 지식을 쌓는 중이라면 당분간 당신은 그것 하나에만 미쳐야 한다. 톱스타들이 주연하는 드라마 따위는 지금 당신에게 아무런 의미가 없는 것이다. 현실을 직시하는 것 그것이야말로 성공 노하우 중 하나일 것이다.

이렇게 해보자

＊ 하루 한 시간 이상 매일같이 TV를 시청하는 것은 피해라. 텔레비전은 마약과 같은 것이어서 빠져들면 들수록 그 정도가 날로 심해진다.

＊ 주말연속극이나 미니시리즈 방송 시간에 다른 스케줄을 잡아라. 연속극은 특성상 줄거리의 흐름이 계속 이어지므로 중간에 한두 번 보지 않으면 관심이 사라진다.

＊ 영화는 꼭 보고 싶은 작품만 보아라. 매주마다 한두 편의 영화를 보는 경우 시간을 때우려고 하거나 마땅히 즐길 것을 찾지 못하기 때문이다.

＊ 친구들과 대화할 때 드라마나 영화 이야기는 가급적이면 줄여라. 여성들의 경우 대화의 테마가 드라마나 영화인 경우가 흔하다. 같이 떠들다 보면 자신도 모르게 그 속으로 빠져들게 되고 드라마나 영화는 반드시 보아야 하는 것쯤으로 착각한다.

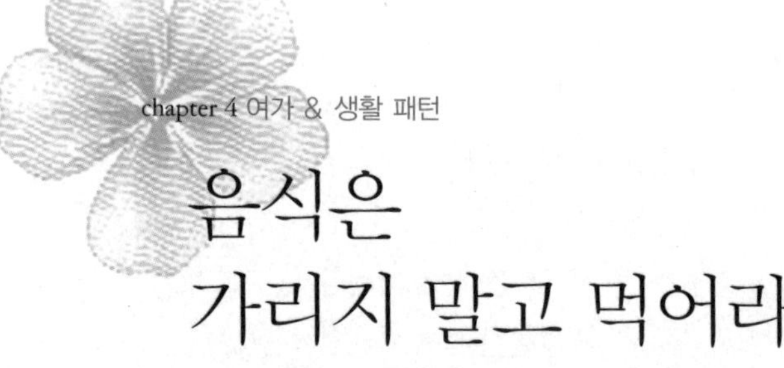

음식은
가리지 말고 먹어라

"어머 저 그거 못 먹어요. 과장님, 다른 데로 가면 안 돼요? 회 같은 건 너무 징그러워서 못 먹거든요. 스테이크 잘 하는 집 있는데 거기 가면 안 돼요?"

"엄마는……. 어휴 나 젓갈류 안 먹는 것 알면서 하필이면 아침부터 식탁에 그런 걸 올려놓고 그래."

"야, 임마. 내가 무슨 토끼니. 야채만 먹게. 이왕 사려면 근사한 일식집 가서 한 턱 내라."

여자든 남자든 어린애든 어른이든 사람들이 말은 안 해도 그다지 즐겁게 생각하지 않는 사람이 있다면 다름 아닌 편식을 하거나 가리는 음식이 많은 사람들이다. 사람과 사람이 친해지려면 일단 만나서 대화를 나누고 적당히 시간을 공유해야만 한다. 따라서 친구든 동료든 선후배든 서로 친해지다 보면 함께 식사를 하거나 술을 마시게 되는 게 우리 사회의 보편적인 예다.

따라서 사람들과 어울리다 보면 유난히 음식을 가리는 사람들이 있다.

건강상의 이유로 특정 음식을 피해야 하는 상황이라면 얼마든지 이해가 되어 상대의 입장을 고려하여 음식을 먹을 곳을 선택하게 된다. 그러나 단지 지극히 개인적인 취향이나 선호도 때문에 어떤 것은 안 된다고 말한다면 많은 사람들과 대인관계를 형성하는 데 큰 장애 요소가 될 것이다.

특히 음식에 대한 취향은 사람의 성격으로까지 이어지는 경우도 많다. 가리는 음식이 많고 지나치게 소식하는 사람들은 누가 보아도 성격이 까다롭게 느껴지며, 실제로 그런 인성의 소유자인 경우가 많다. 반대로 어느 음식이든 그다지 가리지 않고 맛있게 먹는 사람들은 마음이 넓고 이해심도 많아 누구에게나 편안하게 대하며 매사에 'NO'보다는 'YES' 형에 가깝다.

사실 사람들은 알고 보면 누구나 같다. 어떤 것을 좋아하고 싫어하는 것은 순전히 개인적인 취향을 강조하는 입장 때문이다.

일례로 군대나 기타 공동체 활동 중의 단체 급식을 생각해 보자. 훈련병들은 처음에는 입맛에 맞지 않는다고 음식을 가려 먹거나 남기다가도 일정 시간이 지나면 그 환경에 적응하게 된다. 워크숍이나 극기 훈련을 떠났을 때에도 사람들은 반찬 두세 가지만으로도 맛있게 식사를 하고 불평을 늘어놓지 않는다. 물론 각자의 생활 방식이나 형태 수준 등이 제각각인 일상 생활을 이 같은 집단생활 문화와 같은 일방적인 입장에서 비교한다는 것은 다소 무리가 따르는 일이다. 하지만 상대를 배려하고 자신 스스로의 건강을 생각한다면 군대나 공동체 생활에서처럼 나 개인의 입장을 강조하기보다는 상대를 조금이라도 더 편하게 해줄 수 있는 넓은 마음을 갖는 것이 중요하다.

또 여성들에게는 편식을 하지 않고 음식을 골고루 먹어야 하는 특별한 이유가 있다. 기혼여성으로서 자녀를 출산하는 여성의 경우 엄마의 음식 식습관은 자녀들에게 매우 큰 영향을 미친다. 육아가 여성 혼자만의 몫은 아니지만 아직도 육아는 여성이 담당하는 경우가 지배적이기 때문이다.

성장기 아이들에게는 엄마가 곧 선생님이므로 엄마가 하는 대로 따라가기 마련이다. 특히 음식은 엄마가 먹여주는 일부터 시작되므로 아이의 음식 취향은 엄마를 닮아갈 확률이 높은 편이다. 그러니 엄마가 가리는 음식이 많고 일부 자신이 좋아하는 음식만 즐겨 먹는다면 아이의 영양 상태가 고르지 못하게 되는 것은 당연한 일일 것이다. 비만 엄마 밑에 비만 자녀가 있고 엄마가 야채를 싫어하면 아이들도 야채를 싫어하는 것이 바로 그런 이유에서다.

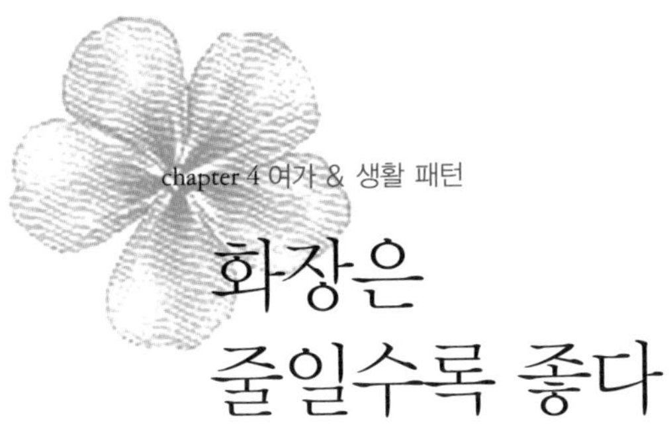

화장은
줄일수록 좋다

색조 화장을 통해 화사하면서도 강렬한 유혹을 뿜어내는 화장을 한 여인 그녀에게서 우리는 세련미와 화려함을 느낀다. 광고 속의 모델, 드라마 속의 여주인공으로서 그녀는 아름답고 세련되었다고 느끼지만 만일 그녀가 우리 일상 속에서 자주 만나는 한 사람이라면 그녀의 얼굴을 보면서 가슴속으로 좋아하는 사람은 그리 많지 않을 것이다.

짙은 화장은 직업적으로 그만한 이유가 있는 사람이거나 나이가 들어 화장을 진하게 해야만이 얼굴의 주름이나 점을 감출 수 있는 중장년의 여성이라면 이해를 하지만 그렇지 않은 여성이라면 화장 그 자체가 첫인상에서 감점 요인이 된다.

루즈를 바르지 않았지만 앵두 같은 붉은 입술, 티 하나 없이 깨끗한 하얀

예뻐지고 싶고 아름다워지고 싶은 여성들의 심리는 얼마든지 자연스럽고
긍정적인 일로 여겨진다. 다만 아름다워지는 방법이 색조 화장에 집중된다면
분명 다시 한 번 생각해 보아야 할 일이다.

피부, 반짝반짝 빛나는 눈동자, 어깨 위로 살포시 내려앉은 긴 머리, 가늘지만 선명하게 이어진 눈썹, 매니큐어를 칠하지 않았지만 살색 윤기가 어린 손톱.

반드시 이성인 남자의 관점에서만이 아니라 동성의 입장에서도 또 더 나이가 든 중장년 여성의 입장에서도 화장이 짙은 얼굴보다는 화장기 덜한 순수하고 생동감 그 자체가 살아 있는 얼굴을 선호한다.

여성이 사회 활동을 하다 보면 자신의 미를 더 살리거나 얼굴의 단점을 보완하기 위해 화장을 하게 된다. 많은 이들을 접해야 하는 넓은 행사장이나 파티에 참석할 때는 평소보다 화장의 강조는 다소 짙어져야 한다. 장소의 특성과 조명 등에 따라 사람의 외모는 다르게 보여지므로 그 환경이나 분위기에 맞게 하기 위해서는 당연한 것이다. 하지만 평범한 직장인이나 학생 또는 주부가 짙은 화장을 일삼을 필요는 없다.

짙은 화장을 하는 이들의 경우 둘 중 한 부류임엔 틀림이 없다. 20대초부터 화장을 짙게 하다 보니 화장 전과 화장 후의 얼굴이 지나치게 달라 보이는 경우이거나 화장을 짙게 하면 더 젊고 예뻐 보인다는 생각을 갖고 있는 이들이다.

짙은 화장, 즉 색조 화장에 대한 단적인 자료를 한 번쯤 눈여겨볼 필요가 있다. 우리 나라 여성들은 아침 화장 시간은 평균 17분이라는 조사 결과가 있었다. 이 조사에 따르면 기초화장에 약 5분, 색조 화장에 12~13분을 소요했으며, 성인 여성의 경우 아침에는 주로 7단계(스킨 + 로션류 + 에센스류 + 크림류 + 자외선 차단제 + 메이크업 베이스 + 파운데이션 : 약 27%), 저녁에는 4단계(스킨 + 로션류 + 에센스류 + 크림류 : 약 37%)의 화장을 하는 것으로 나타났다.

17분이면 책 8페이지를 읽으면서 지하철 8정거장을 먼저 가 있을 수 있는 시간이다.

여성들 중 적지 않은 사람들이 화장에 대한 잘못된 생각을 갖고 있다. 이른 나이부터 화장을 진하게 할 경우 피부 노화가 빨라진다는 것은 누구나 다 아는 사실이다. 따라서 젊었을 때는 가능한 한 피부를 보호해 주는 기초 화장에 신경을 쓰는 것이 자신의 피부 보호나 젊음을 유지하는 데 훨씬 좋은 방법이다.

하지만 여성들 중에는 마치 자신이 드라마나 뮤지컬의 여주인공이라도 된 양 짙은 화장을 하는 이들이 적지 않다. 그녀들은 이 사실을 모르고 있는 게 분명하다.

남성은 물론이고 당신을 바라보는 다른 사람들은 당신이 20대의 젊은 여성이라면 짙은 화장보다는 화장기 적은 자연스럽고 맑은 얼굴을 더욱 좋아한다.

하지만 색조 화장을 하는 여성들은 줄어들기보다는 늘어나는 추세다. 우리 나라 여성들의 색조 화장율은 세계 1위라고 한다. 이 말을 자랑스럽게 여겨야 할지, 아니면 화장독에 빠져드는 슬픈 일(?)로 애석해 해야 할지 의문만이 남는다.

한 외국여성이 "미스김은 날마다 파티에 나가나 보지요?"라는 말이나 "한국 여성들은 스키장 갈 때도 화장을 하고 간다."는 한 유명한 화장품 회사 사장의 말은 색조 화장을 즐기는 우리 나라 여성들에게 시사하는 점이 크다.

예뻐지고 싶고 아름다워지고 싶은 여성들의 심리는 얼마든지 자연스럽고 긍정적인 일로 여겨진다. 다만 아름다워지는 방법이 색조 화장에 집중된다면 분명 다시 한 번 생각해 보아야 할 일이다.

사람들은 소망한다. 내 여자 친구가, 내 여동생이, 내 아내가, 우리 엄마가 색조 화장에 길들여진 인공미인이기보다는 편안하고 순수한 아름다움을 느낄 수 있는 기초화장을 한 자연미인이길.